蔡澜作品自选集　卷三

蔡澜

著

青楼梦好

生活·讀書·新知　三联书店

图书在版编目（CIP）数据

青楼梦好 / 蔡澜著. —北京：
生活·读书·新知三联书店，2013.1 （2013.2重印）
（蔡澜作品自选集）
ISBN 978-7-108-04355-9

Ⅰ．①青⋯ Ⅱ．①蔡⋯ Ⅲ．①杂文集－中国－当代
Ⅳ．①I267.1

中国版本图书馆CIP数据核字(2012)第278810号

责任编辑　李　震　郑　勇
装帧设计　蔡立国
责任印制　徐　方
出版发行　生活·讀書·新知 三联书店
　　　　　（北京市东城区美术馆东街22号　100010）
经　　销　新华书店
印　　刷　北京隆昌伟业印刷有限公司
版　　次　2013年1月北京第1版
　　　　　2013年2月北京第2次印刷
开　　本　880毫米×1230毫米　1/32　印张　7.375
字　　数　100千字　图 16幅
印　　数　10,001-20,000册
定　　价　28.00元

三联版总序

　　最初写作，是将过往的生活点滴记下，已是三十多年前的事。在报纸的专栏写了一些，终于足够聚集成书。倪匡兄说："也好，当成一张名片送人，能写出一本，已算好的了。"

　　每天写，不断地努力，不知不觉间，书也出版了两百多本。如今看来，其中有些文字已过时，有些我自己不满意，也被编入书中。

　　认识了汕头三联书店的李春淮兄，他建议由三联出版我的全集。我认为与其出版全集，不如出版自选集，文章是好是坏，自己清楚。

　　与北京三联书店的郑勇兄谈妥，以《蔡澜作品自选集》为题，计划每辑四册，总共出七辑二十八册，收录这三十多年来的文章。略觉不佳的，狠心删掉；剩下来的，都是自己觉得还过得去，和大家分享。

　　此事由李春淮兄大力促成，书面市时，汕头的三联书店已经因购书者稀少而关闭。特此以这集书，献给他。

蔡澜

2012 年 11 月 22 日

目　录

玩
时
间
专
家

好玩的事物太多了。

抽象的东西也好玩，那就是玩时间。

时间只是人类的一个观念，虽然定为一天二十四个小时，但像爱因斯坦所说，上课以及和女朋友谈天，长短不同。

玩时间玩得最好的是香港人。

香港人每一个都忙，但是，要抽时间的话，香港人最拿手，不管多忙，总会挤点出来做自己要做的事。香港人决定自己不忙，就不忙了。

尤其有"九七"这个大前提，香港人的步伐已经是世界第一，从前在东京，觉得日本人走路快，后来去了纽约，发现他们更快。

但在日本经济已发展到停顿的地步，一富有便懒了起来，东京人走路慢过香港，纽约更别说，早在七十年代，经济衰退，步伐已经蹒跚。

香港人有两个以上的工作的不少，外国游客跳上车，听到司机说早上做警察，晚间当的士司机，吓了一跳，几乎不相信自己的耳朵，但事实如此。

外国人不明白的是我们大多数没有社会保险、医疗费以及退休金的制度，我们的税收虽然低，但一遇到任何事，都自行自决，谁都不会来帮助你。

所以香港人要争取时间，多做点事，多存些储蓄，以防万一。我们自己买自己的保险，自顾安危，包括赚了钱移民，先拿到张居留权再回来做事，也是一种保险。

香港的失业率是一两个百分点，那一两个百分点，不是没事做，而是不想做罢了，这种社会现象我们不当它一回事，但是如果你讲给外边朋友听，他们一定惊讶。

就算不是争取时间来做第二份工作，也要争取时间来休息，来玩，来享受。

实际上如何玩时间呢？

很简单，睡得少一点就是。

大家都说我们需要八个小时的睡眠。放屁！这都是医学界的理论而已，我本人长年来每天最多睡六个钟头，也不见得长得像个痨病鬼。

每天赚两个小时，一个月就是六十个钟头，等于多活两天半，每年多人家三十天，多好！

除此之外，一个星期熬一两个通宵，也不应该有什么问题。

当然熬通宵也有学问，六点放工，七点吃完饭，先睡到半夜十二点，也有足够的五小时，由十二点做自己喜欢的事，做到天亮，多六个钟头。

这时候，看着窗外天色的变化，先是有点红色，红中带灰，又转为白。远山是紫颜色的，啊！为什么从前没有注意过有紫色的山？

清晨的空气是寒冷的，但是舒服到极点，意想不到的清新，呼唤着你出门。

穿上衣服去散步，到公园去练太极剑，或者，就那么拿一本书坐在树下看，都是乐趣。

话说回来，这种乐趣需要出来做事后才懂得享受，当学生时被迫一早起身上课，一点也不好玩。

到街市去买菜，走金鱼街看打架鱼，雀仔街买鸟，买活蟋蟀给鸟吃。太残忍了，买花去吧。

早晨的世界，是另外一个世界。

由寂静中听到车辆行动的声音，偶尔来些鸟啼，有时还听到公鸡在叫哩。

生活在早晨的世界的又是另一种人类，他们面孔安详，余裕令他们的表情无忧无虑，他们是健康的、活泼的。

相反地，深夜的世界又是另一个世界。大家是那么地颓废、委靡，但又能看出享受的满足感。

这两种人，都是过着单调、刻板、所谓"正常"生活的人感到陌生的。

早起、迟睡、赶通宵一多了，人就容易疲倦，这也是必然的，克服的办法是英文中的"猫睡"，像猫一样地随时随地打瞌睡。

只要你睡眠不足，便会锻炼出这种身体功能。尽管利用时间睡觉，一上车就闭上眼睛，像把插头由电源里拔掉，昏昏大睡，目的地到达，即刻会自动地醒来，又像是把插头插回去，活生生的，眼也不肿。

中午吃完饭，也能坐在椅子上入睡，算好开工时间，有半小时就半小时，五分钟也不拘。

会玩时间的人不懂得同情失眠的！失眠就失眠，不能睡就让他不睡。看你不睡个三四天，自然闭上眼睛。长期下来，学会猫睡也说不定。

不花时间在睡觉的人多数是健康的，他们已经把睡眠当成一种福分，一种享受，哪里还有精神去做噩梦？镇静剂、安眠药、大麻、酒精等等，一点用处也没有。

宵夜是最大的敌人，尽量避免，否则多想熬夜也熬不住。一定要吃，就喝点汤吧。随时把汤料扔进一个慢热煲，准备一碗广东汤，享之不尽。

咖啡可免则免，咖啡只能产生胃酸，说到提神，茶最好，中茶洋茶，香片、龙井，什么茶都不要紧，但上选还是普洱，再多也不伤胃。

早餐倒是重要的，懂得玩时间的人总能抽空为自己准备一顿丰盛的早餐,再不然,找不同东西吃也是乐趣。今天吃粥,明朝吃面,叹点心、吃街边的猪肠粉、豆浆油条的店铺,用心找一定找得到,再来一屉小笼包,或再来碗油豆腐粉丝,总之要吃得饱,吃得饱才有体力支持,早晨吃饱和宵夜相反,只会精神不会打瞌睡。

玩时间玩成专家,可以做的事太多了,说不定其中有几样是生财之道。不过最重要的是学会在做爱的时候把时间拉得长一点,一下子就完蛋的话,专家也给人家骂。

生意经

从前，认为"生意"这两个字，是肮脏的字眼。

现在自己做起生意来，觉得乐趣无穷，并不逊于艺术工作。其实做生意，也在不停地创作呀。

生意越做越好，就把这两个字慢慢分析。哎呀呀，这一分析可好，原来"生意"，是"生"的"意识"，多么灵活，多么巧妙！

别的地方，做生意不易；在香港，却是遍地的机会，等你去拾。

不熟不做，这句话只对一半。不熟不做，不是叫你除了老本行，什么事都别去尝试。真正的意思，应该是对一样东西深切地去了解之后，才去做的。

所以，要做生意的话，一定先成为专家才行。

张君默夫妇对玉石研究极深，现在卖起古玉来，头头是道，生意兴隆。

古镇煌卖古董表和铅笔等，也做得有声有色。

这种高贵玩意儿，要看本钱才行呀，你说。

也不见得，举的例子都不是以本伤人的，而且属于半路出家。

不只是高档货，另一个朋友养金鱼，养久了当然分辨出品种，这一只打那一只，把金鱼性交当乐趣，生出了一只新品种的小娃娃，也发了财。

工字不出头，利用余暇做做小生意，略为动动脑筋，先把它当成副业，再发展下去不迟。主要的是抓紧时机，而且生意不做白不做。一向主张机会像一个美女，你上前去搭讪，成功率为五十比五十；你连打招呼都不敢，那只有痴痴地望着，成功率是零。

家庭主妇也可以做生意，朱牧先生的太太辣椒酱炮制功夫一流，用的是干贝丝、泰国小辣椒、虾子、大蒜、火腿等等材料，请教她做法如何，她总是笑融融地："你喜欢吃，做一罐给你好了，何必自己动手那么麻烦？"

这种辣椒酱后来渐渐流传于各个餐馆，称之为"XO辣椒酱"，现在已让李锦记商品化，销路不错。不过，朱太太也不在乎赚这些，她在电影监督方面下功夫，照样行得通。

方任莎莉烧得一手好菜，现在谁不认识她？做个广告，钱照收。

湾仔码头北京水饺的臧姑娘，白手兴家，产品打入每一家超级市场，都是我佩服的人物。

做生意的过程也有不间断的乐趣，还能认识许多有性格的人：

第一，你先要注册商标，那个律师长得高大英俊，简直是做电影明星的料。

第二，商标设计，那个半商人半艺术家的家伙，脾气臭得很，但是画出来的东西使你对他又爱又恨。

第三，把设计样版拿去拍照片分色，你会发现哪一家人的冲印技术最高。

第四，分好色的菲林交给印制厂，有个固执的中年人对印刷的要求比你还高。

第五，说明书和传单，须要清雅又能解释内容，不然人家拿到手即刻扔掉，写这类文章的又是个可爱的人。

第六，宣传，你会接触到报纸、杂志、电台、电视的各位做推销的美女。

第七，出路，摆在什么地方卖呢？遇见的人更多了，条件一直谈下去，直到双方满意为止。

第八，第九、第十，种种说不完的阶段，走一步学一步，不尽的知识与智能在等待你去完成。

开餐厅的友人也不少，成功的多数是先有创意，做人家未做过的菜色招呼客人。

不过做餐馆发生的是人际问题，大厨子不听起话来，苦头吃尽。服务员的流动性，也令人头痛。

只要亲力亲为，问题还是能一一解决的，"大佛口食坊"的陈汤美，自幼爱打鱼，理所当然地开起海鲜馆子，他能亲自下厨是信心的保证，而且他拼命把新品种的海鲜给客人吃，都是成功的因素。

　　当然失败的例子也不少，但是只要脚踏实地，最初小本经营，亏起本来，也不伤大雅，总比在股票上的损失来得轻、来得过瘾呀。

　　外国流行跳蚤市场，把自己做的东西、家中的旧货等等，统统拿出来卖。香港可惜地皮太贵，兴不起来，但也逐渐有些类似的场地出现。

　　星期天没事做，利用空闲，摆个地摊做小生意，和客人闲聊几句，比打麻将还要充实。

　　赚到一点钱，买架货车改装，成为流动的商店，走到哪里卖到哪里，想想都高兴。

　　"你自己做起生意来，就把生意说成生的意识。"友人取笑我说，"那么'商'字一字呢？'无奸不商'你又作何解释？"

　　我懒洋洋地回答："'商'，商量也。'无奸不商'？那也要和你商量过，才奸你呀。"

减
压
功

如何减少压力，缩称"减压"。

压力的敌对头，是好玩，什么东西都把它变成好玩，压力自然减少。

说得容易，你说：做起来难。

这话也对，但是如果不做，永远没有改变。我不知道说过多少次：做，机会是五十对五十；不做，等于零。

比方说看到一个漂亮的女人，你和她谈话，她可能不睬你，百分之五十失败；或者她答应了你一句，成功机会也是百分之五十。眼巴巴地看她走过，一句话也不敢讲，那永远只是走过，你咒骂自己三千回，也没用。好，开始做吧。

从何做起呢？

我们一生之中，经过无数的风波，起起伏伏，但现在还不是好好地活着吗？昨日的压力，已是今天的笑话了。

举例来说，我们担忧暑假家庭作业没有做好，死了，死了，一定给老师骂死。好，骂了几句，没有死。

　　我们担忧考试不合格，死了，死了，一定给家长骂死。好，骂了几句，也没死。

　　初恋时，非对方不娶不嫁，但有多少个人成功呢？爱得要死要活，失败之后，现在又还不是好端端地活着吗？现在想起来不是好笑吗？

　　出到社会做事，一时疏忽，做错了，死了，死了，一定会被炒鱿鱼。忽然，柳暗花明又一村，上司根本忘记有这么一回事儿，或者轻轻讲了几句算了，当时的压力，不是多余的吗？

　　那么多的风浪都经过。目前谈起来，还摇摇头，说一句："当时真傻。"

　　好了，既然知道当时傻，那为什么不现在学精一点？目前所受压力，也一定会过的。"人，只要生存下去，总会过的。"你也开始明白地向自己说：过了就变成好笑。

　　好，等以后再笑，不如马上笑。

　　想那么多干什么？忘了它吧。

　　不过，一般人还没学到家。说忘，哪里那么容易？回头一转，那恐怖的压力又来干扰你。

　　我们最好能够把一切烦恼事，用幻想的手把它搓成一团，扔进一个保险箱里面去。锁一锁，再把锁匙丢到海里，看着它沉下去。

但是，但是，又回来了。

今早被人家打荷包，扒掉三千块，拼命想忘，但一下子那不愉快的感觉又回来了。昨夜被人遗弃，拼命想忘，但那痛苦还是缠绕着你。

过，一定会过，你开始那么想，你开始去做，机会是五十对五十。记得吗？

佛学所说："境由心生。"

一切，都是你想出来的。你想好，就好；想坏，就坏。不相信吗，多举一个例。

八号风球台风，一个人在街上走，忽然间从天上掉下一块瓦片，打中前额，流血了。

啊！我为什么那么背？为什么这块瓦片不掉在别人头上，偏偏是打中了我？我真是倒霉！这是一种想法。

八号风球台风，另一个人在街上走，忽然间从天上掉下同一块瓦片，同样打中了前额，同样流血了。

啊！我真幸运！要是这块瓦略为偏差，打中了脑中央，我不是死定了吗？啊！我真幸运！这也是一种想法。

要选哪一个，不必我告诉你，你也应该知道。

这是阿 Q 精神！你说：自己骗自己。

阿 Q 精神有什么不好？阿 Q 精神万岁！往好处想，人生观会变豁达，别给鲁迅骗去。鲁迅满肚子牢骚，别听他的，听了之后就会变得和他一样愤世嫉俗，钻牛角尖去了。

生老病死，为必经过程。

既然知道有这么四件事，还不快点去玩？

玩，不需要有什么条件，看蚂蚁搬家也可以看个老半天。养条便宜金鱼、种盆不值钱的花，都可以玩个够。

虽说生命是脆弱的，但一个长者曾经告诉我，他被日本人关在牢里，整整八天，不给饭吃不给水喝，也没死掉。看周围，活到七八十岁的人渐多，要是你是例外，那也就认命吧。自己是少数的分子之一。要有我们这种人，大多数的别人才会活老一点。不如这么去想。

为赋新词强说愁，那是年轻人的愚蠢，我们哪会有那么多空闲去记愁？记点开心的吧。

为了避免成为不幸的少数，那么珍惜每一刻应得的享受，把人生充分地活足了它。有了万一，也已够本。

压力来自别人管你。有人管，做错了事，便有压力。所以必须力争上游，尽量减少管你的人。我从小被家长管，被老师管，长大后被上司管，那就要拼命地出人头地，把上司一个个消灭，那么压力自然而然会减少。不过做人也真难，等到没有上司，回到家里还是有个老婆来管。管管管，管是女人的天性，既然知道她们一定要管，就不如多弄几个来管。被管惯了，麻木了，就等于没人来管啰。

年轻VS老

　　每一个人只能年轻一次，大家都歌颂青春的无价；青春小鸟一去不回来！啦啦啦啦！啊！千万别浪费它！

　　但是每一个也只能中年一次，老年一次。人生每一个阶段都珍贵，何必妄自菲薄呢？

　　遇到老者都像麻风病人一般逃避的年轻人。哈哈，不必去骂他，终有报应，一天他们自己总会变麻风的。

　　老实说，我并不喜欢年轻时的我，我觉得我当年不够充实，鉴赏力不足，自大无知，缺点数之不尽。看以前的照片，只对自己高瘦的身材有点怀念，还有剩下的那点愤世嫉俗的忧郁。

　　不，不，我忘了，尚有一个好处，那就是用不完的精力。一天来个七八次很正常，大战三百回合之后，面不改色，但是乒乒乓乓，一下子就卸甲，相同年纪的对方无所谓，比我大的就会觉得很没瘾了，不过也许她们要的只是次数也说不定。

现在，过程如吃西餐，有冷热头盘、汤、主菜、沙拉和甜品、饭前酒、餐中酒、事后的白兰地等等。比较起来，年轻时只是麦当劳的汉堡包一个，可怜得很。

衣着方面，当年的色调只肯采取白、灰和蓝色、黑色，除此之外，一切免谈。不知何时开始，对鲜红有了认识。同时也知道了丝绸贴身的感觉，更爱麻和棉对肌肤的摩擦。穿牛仔裤的人，岂能了解。

年纪大了，如果能穿一整套棕色西装，衬着同颜色跑车，在繁华的大道中下车散步，背后有夕阳，那当然最好。要不然，只要穿得干干净净，整整齐齐，也比衣着随便的年轻人好看。

不过，现实问题，有一些钱是更好的。

年轻女子崇拜上年纪的男人有几点。

因为他们有父亲的形态，和有一些钱。

因为他们是一个有经验的爱人，和有一些钱。

因为他们不会要求你和他有一大群儿女，和有一些钱。

因为他们办事有极大的威信，和有一些钱。

因为他们有生活的情趣，和有一些钱。

因为他们懂得艺术，和有一些钱。

青年男子，即使有钱，亦无上述的条件，所以只能找找小明星当什么公子。

从前年轻的时候，一桌子十二个人，我一坐下来，是我最小，但是现在同样一桌子十二个人，我坐下来，是我最大。从前和现在，不过像是昨天和今日，快得很，也没什么大不了的。不过很奇怪，当我是最年轻的时候，我已经想到有一天我是最老的，我好像早就已有了心理准备，所以一点也不感到惊奇。

老花眼镜，我在三十岁那年已经戴了。当时看书一直感到吃力，到东京公干，朋友介绍我去找一个最出名的眼医，他检查了一下，就断定是远视，给我一张账单，是个天文数字。我抗议。那眼医笑笑："这叫做聪明老花呀！"

结果付钱后舒舒服服地走出来。

这个故事中又悟出一个哲理：要老，也得老得聪明一点；要老，就老得快乐一点，被骗也不要紧的。

快乐的定义每一个人都不同，有些只要半个老婆就满足，但是还要很多钱；有些人三餐公仔面就够，但是要很多钱；有些人只要去去卡拉 OK，但是还要很多钱。

刚才说过，有一些钱是更好，不过有钱要懂得怎么去花才是快乐，不然只是银行簿上多一个零和少一个零的问题罢了。

年轻人多数不懂得花钱，因为他们连经济基础也没打稳。上年纪的人也多数不懂得花钱，因为他们怕病了，怕更老，钱不够花。

花钱是中年人老年人第一个要学的课程，可以先从送东西开始。

送礼物的快乐不单是在得到礼物的人，送东西的时候的快感，不单是用金钱衡量，而要花心思，而要时间算得准，而要送得狠。

最高的境界不在一样样的东西，是送一个毕生忘不了的经验，就算这个经验是一年、一天或几个小时。

年轻人最多只是送送花和巧克力，那是最低的手段，偶尔他们也能送一个身家，爱上一个坏女人，什么都奉献。年纪大一点，当然不会做火山孝子。

最佳礼物是承诺。有经验的人骗起人来会令对方很舒服，那么骗骗人有什么不好？

技巧在于很诚恳的态度，年轻人做不到，因为他们会脸红，上了年纪，脸皮较厚是件当然的事，因为他们失败得多了。到后来连自己也骗了，就把在年轻时候的种种不愉快的经验变为美好，成为事实，等于他们的人生经验了。最后，他们还能把这些经验写成文字，骗骗读者，读者高兴，他们自己赚稿费，何乐而不为？

年轻人说：你们老了。

不，不，不，不，我们不会变得更老，我们只会变得更好。

人生配额

倪匡兄说他不饮酒，不是戒酒，而是喝酒的配额已经用完。

老人家也常劝道：人一辈子能吃多少饭是注定的，所以一粒米也不能浪费，要不然，到老了就要挨饿。

以寓言式的道理来吓唬儿童，养成他们节约的习惯，这不能说是坏事。

最荒唐的是，你一生能来几次也是注定的，年轻时纵欲，年纪大了配额用完就不行了！

哈哈，这种事，全靠体力，不趁年轻时干，七老八十，过什么干瘾？

如果能透支，那么赶快透支吧！

要是旅行也有配额的话，也应该和性一样先用完它。年轻人背了背囊到处走，天不怕地不怕，袋子少几个钱也不要紧。先见识，结交天下朋友，脚力又好，腰力也不错，遇到喜欢的异性，来个三百回合，多好！

年纪一大，出门时带上几张金卡，住五星级酒店。但是已不能每一个角落都去，拍回来的照片都是明信片上看过的风景。

大鱼大肉的配额也非早点用完不可。到用假牙时，怎么去啃骨头旁边的肉？怎么去咬牛腿上的筋？怎么去剥甘蔗上的皮？

老了之后粗茶淡饭，反而对健康有益。

在床上睡觉更是能睡多少是多少。老头到处都打瞌睡，车上、沙发上、饭桌上，但是一看到床，就睡不着，这个配额绝对用不完。

我一直认为人体中有个天生的刹车装置，等到器官老化不能接受某些东西的时候，自自然然便会减少。倪匡的酒也是一样的。他并非用完配额，而是身体上已经不需要酒精。

这些日子以来，我自己的酒也喝得比以前少得多，觉得是很正常的。我的肝脏已经告诉我，喝得太多不舒服。而不舒服，是我最讨厌的，尽量去避免，不喝太多的酒，不算是一个很大的代价。

烟也少抽了，绝对不是因为反吸烟分子的劝告，他们硬要叫我戒烟，我会听从的话，那是来世才能发生的事。

白兰酒一少喝，身体上需要大量的糖来补充失去的。

倪匡一不喝，大嚼吉百利巧克力和 Mars 糖棒。一箱箱地由批发商处购买，满屋子是糖果。

我也一样，从前是绝对不碰一点点甜东西，近来也能接受一点水果。有时看到诱人的意大利雪糕，一吃就是三英磅。

那么胆固醇有没有配额呢？当然没有啦！在不懂得什么叫做胆固醇的贫苦六十年代，猪油淋饭，加上老抽，是多么大的一个享受！

而且，胆固醇也分好坏，自己吃的一定是好的胆固醇。

年轻时，看到肥肉就怕，偶尔给老人家夹一块放在饭上，瞪了老半天，死都不肯吃下去。现在看到炖得好的元蹄，上桌时肥肉还像舞蹈家一般地摇来摇去跳动，口水直流，不吃怎么能对得起老祖宗？

胃口随着年龄变动，老了之后还怕胆固醇真笨，现在的配额，取之无穷，用之不尽，快点吃肥肉去吧。

那么因为胆固醇太高，得心脏病怎么办？

肥肉有配额的话，寿命也有配额。阎罗王叫你三更死，你也活不过五更。

因为胆固醇过高而去世的人，也是注定要死的呀！白饭就没有胆固醇了吧！白饭吃太多也会撑死人的呀！

"最怕是你死不了，生场大病拖死别人倒是真的！"老婆大人狂吼。

迷信配额，应该连生病也迷信才对。

儿女一生下来，赶快叫他们来场大病，那么长大之后，生病的配额用光，什么淋巴腺癌、食道癌、鼻癌、胃癌、肝癌就不会生了。老婆大人，您说是不是？

如果长期患病而死，也早在八字上排好的。命苦就是命苦！要是命大，那么遇上贵人，一帖灵药就搞定。起死回生，多娶几个二奶，生下一打半打再翘辫子。

　　穿的、用的、住的、行的，都有配额？即使我这么相信，那么思想绝对没有配额了吧？

　　各种配额能用完，思想配额将会越储蓄越精彩。所谓思想储蓄，是把你美好的时光记下：印度的泰姬陵、埃及的金字塔、威尼斯、伦敦、巴黎、纽约和过去的香港，都是丰富的储蓄，还有数不尽的佳酿，还有抱不完的美人，只是在生命终结时，思想的储蓄都会消失。

　　到了那个关头，病也好、老也好，带着微笑走吧。哪会想到什么胆固醇？

　　身外物、体中神，一切能够相像的配额，莫过于悲和喜。

　　生了出来，从幼儿园开始被老师虐待，做事给大家戳脊梁骨，老婆的管束，养育子女的经济压力等等，我们做人，绝对是悲哀多过欢乐。

　　虽然，中间有电子游戏机或木头做的马车带来一点点调剂。还有，别忘了，那么过瘾的性生活！除此之外，我想不到做人有任何太过值得庆幸的事。

　　把悲和喜放在天平上，我们被悲哀玩弄得太多！如果人生真的有配额，那么我们的死，一定是大笑而死的！

放纵的哲学

"享受人生的快乐，由牺牲一点点健康开始。"尊·休斯敦说。

这个人放纵地过活，但是八十多岁才死。所谓的牺牲一点点的健康，并非一个致命的代价。

大家都知道自由的可贵，但是大家都用"健康"这两个字来束缚自己。

看到举重的大块头，的确健康，不过这个做运动的人总不能老做下去。年龄一大，自然缓慢下来。到时他那坚硬的肌肉开始松懈，人就发胖。为了防止这些情形发生，他要不断地健身。试想看到一个七老八十的人全身还是那么一块块的肌肉，和隆胸的妇女，有什么两样？

又有个朋友买了一栋有公共游泳池的公寓，天天游，结果患了风湿。

注重健康，说得难听一点，就是怕死。

烟不抽，酒不喝，什么大鱼大肉，一听到就摇头。

好，谁能担保不会有人，二十多岁就患肺动脉血压高？哪一人能够胆说自己绝对不会遇上空难、车祸、火灾、水灾和高空掷物？

想到这里，更是怕死。

怎么办？唯有求神拜佛了。

迷信其实不用破除。信仰是种药，来保持人类思想的健康。

思想的健康比肉体的健康更加重要。

一个人如果多旅行、多阅读、多经验人生的一切，就不当死是怎么一回事儿了，这个人绝对在思想上是健康的。

思想健康的人一定长寿，你看那些画家、书法家、作曲家，老的比短命的多。

当然不单单是指做艺术工作的人，凡是思想健康的，不管他们出的是好主意还是坏主意，都死不了。你没有看到中国的那几个抽烟的老人皇帝吗？

总认为人类身体上有一个自动的刹车器，有什么大毛病之前，一定先感到不舒服。如果你精神上健康，一不舒服就不干，便不会因为过度纵欲而病倒。

喝酒喝死的人，是因为精神不正常，像古龙一样的人，明明知道再喝就完蛋，但是还是要喝下去，也许是他认为自己是大侠，也可能是活够了，觉得这个世界没有什么鸟事是新鲜的了。

吃东西吃死的例子倒是不少。

什么胆固醇，从前哪里听过？还不是照样活下去。

也许有人会辩论说那是因为几十年前，社会还是困苦，人没有吃得那么好，所以不怕胆固醇过多。精神健康的人也不会和他们争执，你怕胆固醇，我不怕胆固醇就是了。近来已经有医学家研究出胆固醇也有好的胆固醇和坏的胆固醇，我们只要认为所有吃下去的东西都是好的胆固醇，不亦乐乎？那些怕胆固醇的人，失去尝试到好胆固醇的享受，笨蛋。

略为对暴食暴饮有节制，不是因为不想放纵，而是太肥太胖，毕竟是不美丽。

科学越发达，对人类的精神越是伤害，现在的医学报告已达到污染的程度。

最近研究出喝牛奶对身体无益，打破了牛奶的神话。当然早就说吃咸鱼会致癌，好，就不吃咸鱼。又听到鸡蛋有太多的蛋白质。什么吃肉只能吃白肉而不吃红肉等等，唉，大家不知道吃什么才好。

吃斋最有益、最安全、最健康了。吃斋，吃斋。

你以为呢？蔬菜上有农药，吃多了照样生癌！

医学家建议你吃生果、水果之前洗得干干净净。心理上有毛病的人，把它们都洗烂了才够胆去吃。有些医生还离谱到叫你用洗洁精洗蔬菜和水果，体内积了洗洁精也患癌，洗洁精又能用什么其他精才能洗得掉？

已经证明维生素过多对身体不好。头痛丸有些含了毒素，某种泻药吃了会大颈泡，镇静剂安眠药更是不用说了，吃了之后和鸦片海洛因没有分别。

算了，吃中药最好，中药性温和，即使没有用也不会有害，人参燕窝，比黄金更贵，大家拼命进补。但是有许多例子，是因为进补过头，病后死不了，当植物人当了好几年还不肯断气。

植物人最难判断的是到底他们还有没有思想？如果有的话，那么他们一定在想，早知道这样，不如吃肥猪肉，吃到噎死算了。

肉体健康而思想不健康的人，就会出禁这个禁那个的馊主意。这些人终于会失败。像美国禁酒失败一样。现在流行禁烟了。人类要有决定自己生死的自由，才是最高的法治，虽说二手烟能致命，但有多少例子可举？

制造戒律的人，都患上思想癌症，越染越深，致使"想做就做"的广告也要禁止放映，是多么地可怕。

烟、酒和性，不单是肉体的享受，也是精神上的享受，有了精神上的储蓄，做人才做得美满。

让你在身体上有个百分之百的健康吧，让你活到一百岁吧，让你安安稳稳地坐在摇椅上，望向远处吧！但是脑袋一片空白，一点美好的回忆都没有，这不叫健康，这叫惩罚。

快点把那本劳什子的 *Fit For Life* 丢进字纸篓去！

忘记

读到泰国高僧坐关，以求捐款建筑佛庙事，非常感动。但是后来演变成与当地寺院争执，被六个大汉强拉出来，又在食物中下泻药，双方互爆丑闻。整件案子复杂得很，不管谁对谁错，已显出大家关心的不是佛。

日本有位庆应大学毕业的禅宗主持人，前一阵子看不开，自杀了。做了和尚后还有什么看不开的？我真不明白。

韩国的和尚和尼姑吵架，把她的头给打破了。虽说佛也有火，但是打女人总不是男子汉的行为。

我认识的僧人，有些炒地皮，买股票；更有的是客串性质，凡遇做法事不够人手，就把他拉去充数；还有一个经常戴假发，乘奔驰车去逛酒吧；另一个身边时常有白嫩的少年追随。

当然，这是和尚之中较少数的分子，我敬佩的高僧不少，而且影响到我的人生观。

上述的几件，其实也没什么好大惊小怪的，只是因为他们是和尚，而我忘记了和尚也是人。

上海澡堂子

　　近来，提起到外面洗澡，多数与色情有关，尤其在泰国，说去冲凉等于是明言上妓院。上海澡堂子的外面，很典型地挂着一个"女宾止步"的牌子，说明了为洗澡而洗澡。上海浴是一种垂死的艺术。大陆已不鼓励这种小资产阶级的享受，台湾和香港虽有数间，但是已渐有被桑拿、健康中心等装修富丽豪华的浴室所取代的倾向。到长乐街的长乐浴室，已经有十几年了。今天它增加了不少杂面孔，但还有些忠实的老伙计亲热招呼。大池在楼下，个别的浴室要上二楼，我们可以选择其中之一。不惯和人家混浴，或者不喜欢太烫的水，便选后者。冬天我却劝你非洗大池不行，不然一定感冒伤风。

　　客人被带到小房间内，有两张并排的床，中间摆着一张小桌，桌中有个能上锁的抽屉，放置贵重的东西。很少人把钥匙拿走，老店有他们的自尊，绝不容许偷窃行为发生。桌下有个痰筒，侍者会不断地将冷茶倒掉，注入热的。一般叫的饮料是普洱和菊花。一走进房后便不客气地脱个精光。侍者提你的鞋子去擦时，顺便叫他把内衣裤也拿去洗，冲凉后再穿回有汗味的，是一件最杀风景的事。侍者替你将一条大浴巾围在你的腰间，再铺一条在肩膀，干净毛巾摩擦着肌肤，感觉温暖舒服。围毛巾是种独特的手艺，包得紧紧地，跑步也不会掉下来。自己一试，经常会露械。大池的外面是一间冲花洒的房间，并有几张长木凳和一个大木桶。

再进去便是热气腾腾的池子，一大一小。小的水很浅，特别热，是给客人浸脚的。池边铺着一个人体大小的大理石。大池子虽说水没有小的那么烫，但也足够将鸡蛋煮成半生熟。浸入池中之前，我学会将面巾沾了冰凉的冷水。坐在池边，先伸入双腿。啊，已经被烫熟了，全身怎么进得了？再一阶阶地勇敢走入。一旦水及脖子，便不感觉烫，把冷面巾放在头上，更是舒服。忽然，水蒸气形成，挂在栋梁上的水滴滴下，刚好掉在鼻上，真准。刚不想起来时，走进一个把大面巾披在肩膀上的赤裸大汉。用一条面巾叠好铺在木枕上后，大汉请你出来仰卧于池边的大理石。先用瓠囊抹上香浓的肥皂，涂擦全身，以水桶泼池水洗净。

大汉很灵巧地把大面巾用左手包在右掌上，几成一个绑紧的手套便开始从面孔大力地由上擦下，又自下刮上。手部和脚部也同样炮制，眼见一条条橡皮圈大小的泥垢出现。大汉纯熟地由四肢的尖端把老泥推到你的肚子上，至少有一天分量的烟蒂那么多。通常客人都不好意思地假装没有看到，大汉也不在意将他的成绩扫落地上。请客人坐在池边，他便开始为你擦背。这时他大力地搓，感到会否将皮也剥下来。刮下的泥垢他将之集中于客人的肩膀上，再由颈部擦下。忽然一推，"扑通扑通"，这几十条大大小小的老泥便掉在你面前的水池里。

无论如何，客人再也躲藏不了羞耻，只好面红地转头向大汉说声谢谢。

我试过连去两天。第二次，大汉仍有所表现。也曾经先自己洗个干干净净才上门，还是搓出，真不知是污垢，还是死去的细胞。

用瓠囊上肥皂，再全身洗擦一遍。最后以拇食二指提起宝贝的尖端，刮刮两声，用尽力道擦下，痛得弹起。大功告成。

跟着大汉引你到上述的隔壁大房中，在长木凳上坐下，开着冷热二水龙头；急水冲入大木桶中，调到适当的温度，便淘水为你洗头。一遍又一遍，又抓又冲地洗至三遍以上才过瘾。

走到花洒前，他为你把水调到体温，你就自行用肥皂把身体的各部分重洗。见旁边的客人有洁癖，拼命再三折磨他的弟弟。冲完花洒，大汉已在洗脸盆里放好水，并递上另一条干净的面巾，让客人把留在眼中的水擦去。最后他干脆提起那一大木桶的水，浇淋在你的身上后，迅速地以大毛巾替你擦干头发和身体。走出门，大汉又用另外一条毛巾把你的脚也擦干，套上草履。

他将毛巾往自己的肩上一搭，向楼上大喊一声，跑堂子的即刻出来迎你到房间休息。这时，你已感到每一个细胞，每一条神经，每支血管都已雪白。

在小房间里喝一杯热茶，已经饥火燎焚，叫伙计去炒碟鸡丝面或碗馄饨，要不然叫些醉转弯和白切肉，再来半斤花雕，吃完看看报纸，躺一会儿。

修脚的提着小竹凳和电灯走入，习惯性地往我的脚底一摸，说道："蔡先生，皮又长出来了。"我曾在拍摄外景时踩到一根长钉，生脓发肿，后来要用开刀才治好，这道疤一直僵硬，他熟练地用把割牛皮用的刀子将它铲平，再以像刻图章的平口刀，一片片削短趾甲，连角落也修圆。仔细一看，发觉自己的脚，样子还长得不错的。接着按摩师傅走入，先捏脚。我没有香港脚毛病，但也极享受这过程。他将你的脚趾一根根地轮流搓，又以毛巾摩擦趾和趾之间的部位，已不知不觉地闭上眼睛。

按摩师特别注重客人的腿部，花很长时间去服务。这很合理，人最容易疲倦的，除了不能按摩的脑，就是这双腿了。

他们还有一道绝招，用两手按在大腿顶上的筋脉，数分钟后，手一放，血液冲上，麻麻痒痒，说不出来的舒服。腿之后是手、胸和颈；再翻过身子按摩腰和肩，后来索性整个人站在你的背上，用脚隔着毛巾踩踏。一百多磅的一个胖子，力量用得恰好，你不会感觉他是大石。最后用手掌敲击腰部，发出巨响："劈劈剥，劈劈剥；劈剥，劈剥；劈劈，剥剥；剥！"上海按摩是带有节奏和音响的学问。

跑堂子的又以热毛巾把你全身擦一遍。这时，你大可睡一会儿，除了隔壁的鼾声，没有人会吵你。

梳完头，穿上刚洗好还烘得热热的内衣裤和袜子，皮鞋已擦得晶亮。打赏时费少，伙计默默收下。多时，他大声地宣布你的豪爽。

桑拿的林立，令师傅们一个个被拉走。替我按摩的好手，现在在一间什么水晶宫殿里工作，一天在街上遇到我，叫我一定去。结果也去找过他。看见他一身干净挺直的制服，又说薪水比澡堂子高。正要为他高兴，他小声地告诉我，因为这里流行东洋人的指压，还要从头学起时，我替他感到无限的惆怅。

沐浴随想

　　谈起洗澡，余生晚矣，如果能活于罗马时代，躺在池边，让奴隶们抹香油，再由美女把整串的甜葡萄喂入口中，那有多好。想到当年的葡萄品种原始，一定有核，连核吞下的感觉并不好受时，由梦中惊醒。

　　现实生活中试过的是各式上海澡堂子，擦背功夫，应该不逊鬼佬，总算有点安慰。

　　高级享受是浸日本温泉的所谓露天风吕，望着无际的枫叶，蔚蓝的天，脑中一片空白，让热水接触到每一个细胞，不羡慕神仙矣。

　　旅馆供应入浴用品，传统的地方给的是一块长方形的薄巾，并非现代化的毛巾，把布浸在冰冷的水中，扭出水滴后叠合敷在额上，这么一来才不会让血流冲上头来，这是浸温泉的秘诀。

　　好旅馆应有侍者奉上一个扁平的木盒，乘着几瓶清酒，飘于池中，让客人一面聊天一面细酌。

在丹麦旅行时也试过当地的露天浴，记得是个晚上，仰天看着无污染的天空，数不尽的星星。侍者催促起身，被带到结冰的湖，钻了个洞，整个人浸进洞里，惊醒了全身的神经，随即跳起，这时候由身体发出的热量和外界的冰冷空气混合，形成一件蒸汽的衣服，白蒙蒙地美得不能用文字形容。

张艺谋和巩俐告诉过我，他们有几十天不洗澡的纪录，皆因缺水，这可理解，最不明白的是法国人不爱沐浴的人的心态。这么美好的过程，岂能忽略。

住在巴黎的女友环境不错，但除了花洒之外，就是那个涤洗局部的"比叻"。事后她叫我用，我才知道原来"比叻"是不分雄雌的。我笑说这是我见过的最小的浴缸。

也曾经去过纽约的旧公寓，发现浴池比洗脸盆大一点，是个四方形的东西，而且很高，要爬上去才能打坐式地入浴，但是水只浸到大腿罢了。朋友说这是犹太人建筑物，我想他们是否也冲凉，最多用条毛巾揩揩身体，真是可怜。

认为现代生活的基本条件，是个浴缸，冲洗的是一天的疲劳。

圆形的"惹库齐"由四道水管喷水，说是按摩全身，但有没有效的确是疑问。泡浴缸应该是和平的、宁静的，并非四方八面围剿。

这次在外国的酒店中，试到浴缸对面墙里镶着一部电视机，隔着防雾水的玻璃，好在没播什么精彩节目，不然的话一定浸到脱皮。

理想的浴室应是设于一间一千平方英尺左右的房间，空空洞洞，不做摆设。中间放着一个古典式的搪瓷浴缸，下面铺着木地板，阳光由一边射入，透过窗框，在热水的蒸汽上形造几道光线，似幅沙龙作品。

但并不是每次入浴都有优美的环境，既来之则安之，可以保持清洁，已是福气。

儿时的冲凉房中置有一大皮蛋缸，由水龙头淌水积满，缸上铺着块横木，放着把木杓，泼水冲之，虽然原始，但也是乐趣。

搬家时新屋有把花洒，倒圆锥形的器具上钻着许多小孔，一开水龙头便有无数的水线喷出，的确是新奇的玩意儿，虽然只有冷水，已觉得生活质素改进许多。

开始有热水设备时，老觉得本来是一身汗的，冲完凉还是一身汗，直到那么一天，没有热水，一洗就感冒，人生的享受是增高了，但是身体是脆弱了。

出国到日本，根本就没有浴室，家中有间私人洗手间已经算是好待遇。

跟着邻居，拿一个小塑料桶，桶中放条毛巾、肥皂，便步行到公众浴室去。

经过寿司店，酒瘾发作，进去饮个两杯，和旁边坐的一个老头谈起天来，他感叹地说道："唉，我见过无数的赤裸裸的人生。"

听了觉得这个老者谈吐富有哲学。

到浴室之后才知道他是看管澡堂子的，坐在高台上望着男女两边出浴，怪不得看过那么多赤裸裸的人生。

浴室外写着个巨大的"汤"字，分"男汤"和"女汤"，日本的汤，做热水解，我们习惯用在汤面的汤。走进去看到一个大浴池，跳了进去即刻跳出来，水热得烫人，浸在里面五分钟的话一定热出汤来。

多年的外景工作，带我试过各种入浴经验。在印度的恒河边，和群众一齐浸在黄泥水里。韩国的深山中，以冰凉清澈的泉水洗澡，觉得可惜，这是用来沏茶的呀。

泰国乡下旅馆，冲花洒冲到一半，几十尾蜈蚣从流水洞口倒爬出来，只好光着身体冲出走廊大声呼喊，旅馆女工哈哈大笑，当然不是指着蜈蚣说笑。

几个月下来，终于杀青，回到所谓的文明社会，第一件事便是租家大酒店好好地泡一个热水澡，洗呀洗呀，起身时看到浴缸壁上留着一道黑色的痕迹，毫不觉污秽，反而是阵喜悦的成就感。

酒店随想

第一次住旅馆，躲入浆得发硬的干净被单里，闻到枕头上的肥皂香味，便迷恋上了，并与她结下长年的缘。

酒店是一个美妙的巢。一生之中，在旅馆里度过无数的夜晚，从五星到无星，有时是短短的数小时，更有住上六个月一年者，在欧美大都市，或是南洋的深山野岭，对她只有无尽的赞美，但偶作怨言。

年轻时，为了求学和工作住旅馆，她的灯光永远是不够亮，所以行李之中一直有四个一百五十瓦的灯泡：一个一百一十瓦、一个二百二十瓦、一个钉头、一个螺丝头。任何国家，一切插座，都能使用，改变她原来只有用来做爱的环境。

"哪一家旅馆，是你住过最好的？"要是有人那么问，便公式化地回答："有爱人的怀抱的那一家。"

不过，好酒店和坏酒店的分别，最基本的是在她的洗手间内有没有电话的分机。

一般的酒店里一定有的东西是：一张床、一张靠壁桌子，桌子抽屉有本没人阅读过的厚《圣经》，一个衣柜，衣柜里的衣架钩子扣紧在长棒中，本体由一个钉头牵连着，这个钉头很难取出，更不容易插上。到底现在还有没有将衣架顺手牵羊的客人呢？

说到偷东西，拿酒店中的肥皂算不算是偷窃行为呢？高级酒店的化妆品精美得诱人：洗头水、护发素、泡泡沫液、浴盐、头油、养发水、护肌液、护手膏、牙刷、剃须刀、须后水、发刷和梳子、女人和同性恋者共享的花洒帽子等等等等。

酒店已经将上述之物算在房租内的，不拿白不拿，你说，这话也有道理，但是应该潇洒一点、有风度一点，用是应该的，不用便放着吧。拿了你不会长胖一磅，或者，在现在的年代，也许是说不会消瘦半公斤吧。

罪过是拿人家的浴袍，不过浴袍太厚，装不进箱子，某些人说日本便衣却非取不可！听到香港旅客在飞机上教同伴说："来打扫房间，从他们的推车中拿，便不会被发觉！"唉，真是毛骨悚然。

许多大酒店的卖店中，都有毛巾、烟灰盅、刀叉杯碟出售，生意并不好，赚不了几个钱，作用是提醒恶客的羞耻行为。

旅馆的门后通常有两块牌子，钻着圆洞，挂在门钮上，一块写着 Do not Disturb；另一块写着 Please Make Up Room。

挂上前者，你认为没有人会来干扰的时候，听到敲门声，只好起身把门打开，一个肥胖的女佣站在那里，开门问道："我是来打开被罩的。"

挂上后者，觉得奇怪，房间也需要 Make Up 化妆吗？而且，永远是你回房时，女佣还是刚刚好在 Make-up，不早也不迟。

有些酒店，在衣柜旁边有个行李架，可以折叠的那种，框架还是铝制的，中间织着数条粗大的塑料带。这个行李架绝对不够安稳，侍者把你的行李放在上面还够用，一打开行李，整件掉下，衣服乱成一堆。

衣柜中也许有几个抽屉，不知道多久没有用过，不敢把 T 恤衫或内衣裤放在里面。

抽屉中有个脏衣服的袋子，我们一直猜不到到底要把这袋子挂在门内或门外；另外有两种颜色的表格，指示干洗或水洗，我们也一直猜不到需不需要干洗。而且，正当你想洗衣服的时候，偏偏是礼拜日，洗衣匠休息的那一天。

印象深刻的经验，是在印度的乡下。啊，小酒店中的洗手间只有一个水壶，同伴们都虎视眈眈地，对准我带去的唯一一卷厕纸。

同是在印度，孟买的泰姬陵酒店，大得从一角走到另一角，要花十分钟。套房的客厅里站着一个秘书和一个侍者，不赶的话他们不会走开。以为是第一流的设备时，水龙头流出水来的水竟然像牛奶一般的混浊，酒店也够胆在洗脸盆贴一块牌子说：此水可喝（This Water Is Portable）。

说到酒店房间之大，上次和查先生夫妇乘东方快车，房间小得可怜。抵达曼谷时，他们安排下榻的君悦酒店套房，一进门是个一千平方英尺以上的大厅，摆着三脚钢琴，一套八件头的意大利沙发。左边是会议室，有张供二十人开会的长桌，进去是大厨房、工人房；右边卧室和厅一般大，连着宽阔的桑拿室，室内有隔热电视，再进去是个圆形的耶库齐浴缸，打开冷热大水龙头，装十五分钟才能半满。

　　但是更大的是在巴黎的一间，不但房间大，楼顶有两三间房高，可打室内网球，阿拉伯酋长一租就租上半载，美国总统卡特下任后曾经住过，一知道租金之贵，吓得第二天即刻搬走。

　　小酒店的故事则有：在马来西亚的小镇，走进一家，床上竟无被单，只在床头小柜上摆着一瓶辣椒酱，旁边有张告示，写着：天雨时，多吃一羹。

　　这当然是笑话，但不是笑话的是间没有洗手间的酒店，友人晚上如厕，要提着蜡烛走到老远的一间茅庐。一阵风吹来，蜡烛熄灭。哪有抽水设备？友人完事后习惯性地将那绳索一拉，发现油滑滑的，是尾青竹蛇，吓得大喊一声，裤子也没提就冲了出来。

一些时候，异想天开，不失为好事。从前父老常劝人别发白日梦，我喜欢的尽是这些事，早上也发，晚上也发。成熟了，就做去，好过不做。

现在在摸索的主意，是开家厨艺学校。

香港的美食天堂，足够条件经营一间。

中菜我们最拿手了，各个名厨当教授，请国内大师傅前来客座讲学，有计划地设计课程，读将起来，比什么计算机学校，有趣得多。

西餐更不成问题，在香港吃到的，的确已有国际水平；再加上交通的方便，由各国云集而来的西厨之中，选些顶级人物教导，轻而易举。

日本大师傅在香港谋生的不少，哪一家最好，有目共睹。如果他们肯受聘于大机构当主厨，教授的薪金，都不会少过现有的收入。而且日本人好面子，即使同样酬劳，他们也会选择教学。

学生们要受整整两年的严格训练，但可以省掉日本人教的洗碗和清洁洗手间过程。从认识食物材料到刀法到烹调，按部就班地，中、西、日三科，每天八小时的学习，二十四个月之后，包管成为一级大师。

学校是新开的，有了手艺，但不受世界各国的承认，也是枉然。

可以从连校做起，请法国、日本、瑞士的名校参加，成为它们的支校。这些学府，学一课程，毕业之后，已是抢手的大厨，何况我们的学校是集大成的？

各国餐厅，只会越开越多，最大烦恼，是找不到厨子。现在医生、律师、计算机操纵员已经过剩，天下父母，要是思想开通，让儿女来这家学校学习，至少是一技傍身，永远不必担心他们有一天会饿死。

厨艺学校更可设立享受短期课程。集中世界各大城市的著名餐馆餐牌和酒牌，学生修过之后，到任何一地，都能应付自如。别以为有钱人就懂得叫菜，乡巴佬居多。这种课程，最适合暴发户了。所以虽是短期，收费特贵，用来补助一些有才华的贫苦学生当奖学金。

另设家庭主妇班，可让妇女们不定期前来旁听，至少学会煲汤，减少丈夫养二奶的机会。

供游客的一个星期速成班亦兼备，在短短七天之内，教会几种自己喜爱的餸菜，中、西、日自选。

　　校园中每天早、午、晚都有大型的聚餐会，欢迎外界客人，等于是去了一间出名的餐厅，由教授们各自提供拿手的菜，让学生当助手实地学习。每天限额收多少名客人，要预先订位才能享受到教授们的手艺。

　　吃完了晚饭，还有大型舞会，附属课程是社交活动，教导大家怎么去应付高官贵人，应该有什么礼貌，怎么先开口更好，穿哪一种适当的衣服，为大家出席大场面做一铺路。

　　更设有餐酒进口牌照，以公道的价钱贩卖顶级的红酒白酒。由法国开始，选六个著名产酒的国家，每天尝试不同的葡萄园佳酿，一周循环下来再一周，让学生们熟悉所有的产品，成为专家。

　　到了星期日，这个礼拜是日本清酒，下个周日是希腊的乌苏、墨西哥的特奇拉、苏俄的伏特加、中国的茅台，等等等等。原则上，对最贵的名牌到价钱适中，但品味十足的超值货，都能有一个清楚的印象。

　　食疗课程也是必备的，请来的教授并非什么营养学医生，而是顺德的女佣，白衣黑裤梳长辫的女子，教学生如何看主人的面色。并非低声下气，而是嘴唇干了，应煲什么汤来滋养。

　　老人家的食谱应该怎么编排，亦是一大学问。另类课程供给有孝心的儿女子孙。学过之后，包管家中爷爷奶奶每天不吃同样的东西。

校园中更开设一个高级的菜市场，集中世界各国最新鲜的材料，法国鹅肝、伊朗鱼子、日本金枪、意大利白菌，再由大陆空运种种山珍海味，成为天下老饕必游之地，对香港的旅游业不无帮助。

学校每一个星期主办一次厨艺大赛，东方对西方，打个落花流水，热闹非凡。和电视台订好张合同，拍摄成一个小时的节目，卖到世界各地去。

推广出去，"九七"之后由大陆来报名的学生已经满额，收五千名学生，不是问题。平均每个学生收港币两千元一个月，乘起来就是一千万的入账，一年一亿两千万，足够经费来打动世界十大名厨前来当校长。

最过瘾的是这间学校不问学历，什么小学生、中学生，甚至不识字的都能参加。当教授的女佣本身已是文盲，学生们为什么要有文凭？

越想越好玩，这未必只是一场梦，自己不能实现，由别人去创立好了，反正我的想象力是取之不尽的。有这种学校，我宁愿去当学生。

这种事，本来最好是由政府去主办，要是他们肯做，地方绝对找得到。是时建宿舍、盖酒店都行。最可惜的，是各地的政府都没有睾丸。

数
字
游
戏

友人问："三姑六婆，出自何典，是否有其人？"

照我所知，骂人八婆的八婆，考据不出来，但是三姑六婆的确有名堂。三姑者：尼姑、道姑、卦姑。六婆者：牙婆、媒婆、师婆、虔婆、药婆、稳婆。

八婆大概出自"八卦"，女人喋喋不休、好事生非、挑拨离间者，称之八婆。台湾人叫"三八"，和妇女节无关。三八者，带着姣婆、蠢婆、癫婆之意。

数目字除计算东西之外，的确很好玩，中国文字从一到十，皆可成为游戏。有时好，有时坏，依个人喜恶，可大做文章。

一寸光阴一寸金，把时间和金钱用一寸寸来衡量，亏古人想得出。

坏意头有：一刀两断、一手遮天、一毛不拔、一成不变、一板一眼、一窍不通、一蟹不如一蟹等。

好意头多的是：一见钟情、一鼓作气、一尘不染、一团和气、一鸣惊人、一网打尽等等。一字千金，更是我所欲也，一钱不值就衰了。别忘记一举两得、一箭双雕，还有一丝不挂呢。至于一氧化碳，就不必去研究了；一叶知秋，很有诗意。

"二"字广东人发音似"容易"的"易"，很受香港人的爱戴，但是二字的用途不广，被形容为二等，更是不舒服。较为熟悉的人物为二郎神，自己喜欢做的是二世祖。

"三"字广东人也爱好，和"生"发音相同，但也令人想起从前的九龙城寨叫三不管，更不好的是妈妈桑的三字经。三角恋爱是很麻烦。《三国志》人人都晓得，但现在读的已不多。三民主义又有谁知道是讲民族、民权、民生呢？喜欢的是《心经》中的三藐三菩提这一句，意思和三没什么关系，说的是真正的平等。

"三笑"大家以为是姻缘，其实出自一个叫做惠远的人，住在芦山东林寺，送客不过钟，人家以为他没礼貌，陶渊明和陆进修有一天来做客，惠远照样不送，他们三人都知道不必依这些繁俗，一齐大笑。是三个人笑，不是秋香笑三次的笑。

代表"五"字典型是"不为五斗米折腰"，现在这么做人人都要饿死，嘲笑自己为五斗米折腰倒是很潇洒。

五四运动让我们以白话文书写。

六六三十六，三十六计是什么计？记不清那么多，三十六行是哪几种行业？也不必去理会。六君子倒是要记得的，历史上出现过不同年代的六君子，最先是庆元年间赵汝愚去国，太学生上书屏斥，他们是周端朝、张道、徐范、蒋傅、林仲麟、杨宏中。宝祐元年间上书被谪的是：陈宜中、刘黼、黄镛、林则祖、曾唯、陈宗等。明朝死在魏忠贤手下之六人为杨涟、左光斗、魏大中、周朝瑞、袁化中、顾大章。后来魏忠贤再抓一批六君子，为周起元、缪昌期、周顺昌、周宗建、黄尊素、李应升。最出名的六君子是清朝的谭嗣同、林旭、杨锐、刘光第、杨深秀、康广仁，各位生儿子不知取何名，不如用六君子为例，现在已不是帝治，长大后不怕被杀，但一定会成为一个有节气的人。

七月七日为七夕，中国情人节。七国，乱也。七小福，洪金宝、成龙、元彪等。七十二家房客，近代话剧中最精彩者，七步成诗，又如何？没有人听得懂，笑得七颠八倒。

八、"发"同音，香港人的至爱。八婆讨厌，八公则不错，晋朝人以太宰、太傅、太保、太尉、司徒、司空、大司马、大将军为八公。八公是做官的，岂可与妇孺相比？但是做八百壮士就不大好，都死了。八仙饭店，死人也多，还是八仙过海较有趣。八股文章做不得，八珍是醋和酱油的名牌，八拜拜得太多，头都磕肿，八旗满洲人才懂。还是《天龙八部》家喻户晓。八大山人是画家，八百伴为日本店，日本人的八百原是卖水果蔬菜的。

"九"念成"久"，也为人喜爱。第一个入脑的是九龙城，再来想不起有什么和九有关的。《九阴真经》吧，唉，真是狗嘴长不出象牙。

"十"有十诫。不杀人放火说得过去，不通奸的第七诫，多数人都犯，还有不许乱用上帝的名字那一条，美国人根本办不到，左一句右一句，都是 God Damn It!

至于"百"，有百发百中、百战百胜、百家姓、百科全书。对了，还有百货公司。人家读了我的文章后，在电视上看到我，都说："百闻不如一见，见之失望之极。"

千、万、亿、兆，已数不清，港币日渐贬值，快要变成日本货币单位，什么东西都是万万声，香港的百万富翁已没什么了不起，由尖沙咀排队排到西贡，还有数十万人要被推进海。

最后是那个"四"字，香港最不喜欢，和"死"字发音一样，但是四千金、四个老婆，都不错呀，说起来"无"字也是个数目字，娶不到四个老婆，无奈也。

十六张

　　台湾文化，从不影响香港，唯一例外的，就是他们来势汹汹的十六张麻将。

　　除非不打，尝试一次，即刻上瘾，现在在香港要找十六张的搭子，不乏其人。

　　为什么台湾牌那么吸引人？

　　第一，它公平。

　　打给人家吃的一家付钱，不会给别人拉下水。

　　香港牌也有全冲的呀，你说。是的，那是学台湾牌后来才建立的制度，你哪里听过我们父母打老张时打全冲？

　　旧章麻将，输了就输了，很难到最后一圈时反败为胜。十六张不同，它有一个叫"连"和"拉"的打法，每一次拉一半，庄家连一个庄，就算庄家一番，连庄一番，贡庄一番。加上三番，又拉上一铺赢钱的一半。

至于怎么算法，太复杂了，不在此浪费各位宝贵的时间。初学的人，只要拼命吃和就是了，别人会替你算的，久而久之，自己便会连一拉一地收钱。

　　连一个庄，一直加半倍地算上去，连上八九次，所赢的钱变成天文数字。输的三家，当然不肯吃闲家的和，那便增加庄家的机会，越打越紧张，越打越刺激，直达高潮。最后被一家闲家拉到了，其他两家像一个皮球一般地泄气，但等待下一个机会也拉人家一把，不打到最后一铺牌，永远抱有无限的希望。

　　另一种新奇的规则，也是为广东牌未有"Niko、Niko"，所谓"Niko、Niko"，是十六张牌中有八对相同的搭子，那么你就叫八飞了，每一对牌，对方一打出，你都能和，一吃二十番，自摸更是不得了。

　　要是你手上有七对搭子，那么其中一对一定要三张，你就叫那张单独的牌，这叫七对半，单吊不容易，但又多一番出来，吃起来味道更浓。

　　台湾人受日本文化的影响极深，"Niko、Niko"可能是来自日语的"两个、两个"，或是来自日本人形容笑容，也叫"Niko、Niko"，吃那么大的一铺牌，当然笑了。

　　另一种规则，是全求人，别的麻将也有全求人的，但只是多一番，十六张牌要打到最后一张不容易，台湾牌全求人算十番，所以也有拼命上牌和拼命碰牌的打法。最后一张牌自摸呢？那不能算是"全求"，只当"半求"，也有五番可算。

如果打的是十六张，那么十三幺九怎么不是多出三张牌？很简单，照老张的十三幺九打法，加上一二三、四五六或七八九的三搭牌，再不然就是加上三张一样的搭子，就等于是十六张的十三幺九了。通常是算三十番的。

另一个算三十番的是清一色，十三张的清一色已经不简单，十六张牌要做到清一色，更是难如登天，当然是算到最大的番数。

手里有三副三张一样的牌，叫"三暗坎"，计五番，"四暗坎"，计十番，"五暗坎"，计二十番，到了五暗坎的地步，当然是对对和，又加二十番，自摸起来，和味得很。

不过，打惯老张三番起和的人，拼命做牌，在十六张麻将中是禁忌，台湾牌做个混一色或对对，吃起来不如自摸一把那么多，所以打十六张的秘诀在于不做牌，有得吃就吃，一味做牌的人，一定打输。台湾牌本身非常之小气，你贪多几番不吃牌等自摸的话，往往放冲不算，而且一直会输下去。

通常，打底五十块，每一番加十块钱，算是非常卫生的麻将，每一次输赢一两千，在香港当今已不算是什么了，打老张牌的数目也在于此，但是有人也打五百块底，每一番加一百，那就打个你死我活了，筹码一大，打起来就很小心，看到对家已经上了一两副或碰了一两副，就马上拆来挡，反正不放冲的话不必付钱，守好过攻，这种情况之下，越守越倒霉，往往给别人自摸去也。

因为十六张的关系，不宜用广东人木屐那般大的牌打，但是用上海牌又嫌太小，看得很花，最适中者，是介乎广东牌和上海牌之中的中型麻将。每人十八栋，有八只花，八只花全给你摸了，就不必再打下去，算二十番。

回放一次：麻将造福人群，发明麻将的人应该得到诺贝尔奖，发明十六张的，也最少可以接受法国文化奖。

三个人陪你度过一个愉快的晚上，应该抱着输赢不成问题的态度去打，赌注不应太大。

如果你和三个八婆打，她们一坐下来就来一句"三娘教子"的话，你尽可以懒洋洋地回答："这不是叫三娘教子，这叫一箭三雕。"要是那三个八婆还不明白什么是雕，你可以再次懒洋洋地说："鸡呀！"

友人常问我这么忙了哪有时间打麻将？要知道，在香港，没有人不忙的，但是香港人的时间多数能够控制在自己手上，打麻将是平衡紧张的日常生活的好办法，找出时间打麻将，好过练气功、吃镇静剂。

懒

刻"忙里偷闲"一方图章，"偷"字篆书为"媮"，是女字旁，造字者起先一定是见到了女人偷东西，才组合这个字。当时的社会没有什么女权运动，也没有人反对。后来大概是男人觉得这样对她们不公平，自己也常偷东西，所以就不单指女人，而把这个字改成男女都共用的"偷"字。

我又为自己刻一个印叫"懒虫"。有时候，很久没有给朋友写信，就在白笺上盖上它。"懒"字的篆文最初作"獭"，从犬，造字者可能是看到像猪一类的动物，所以便想出这个字来。

渐渐地，造字者看到自己的老婆游手好闲，不理家务，便直言："女人比猪还要懒，不如把这个字改成女字旁。"故此，懒字变成了"嬾"。

这一下子可闯祸了，老婆大人听了大发脾气，狠狠地把他骂一顿，但已太迟，不能马上改正。长年来，她们喋喋不休，到最后换成从心时，造字者已是心灰意懒。

一觉到天明

深夜。

未能入睡，许多未解决的问题，加上不必要的人事纠纷，甚觉烦恼。书读不下，酒不想饮。明日更多俗事缠身，如何是好。

脑中灯一亮，即在行李一角中找出一块青田石印，又翻到刻刀毛笔，高兴若狂。

见带来之小石砚刻工甚美，玲珑而不俗气。磨出浓厚的墨汁，便开始布局。连写十几个印稿，慢慢进入佳境，如享美酒。

意恬之余，西泠诸家逐渐出现，各作评语；吴让之、赵之谦前来，共同研究；吴昌硕与赵古泥师生携手，坐在一旁观看；更有无名汉朝巨匠围上，讨一杯酒。冯老师将印稿拿去修改数笔，在座各位，无不赞好。

握着石头，观看许久，终于冲刀而下，噼噼啪啪，石粉飞扬，如海啸冲来，山崩海倒。此刻心情平静，又得众师友陪伴，热闹得有趣，孤独得安详。

　　印押朱砂，洁白的宣纸上出现一方红玉。睡意已浓，一觉到天明。

玩
物

　　一向对抽屉很感兴趣。

　　很喜欢打开抽屉,发觉新东西,或找到一点回忆。

　　自从向冯老师问学之后,我渴望有个柜子收藏石头和毛笔。韩国的药柜最好了,它有数不尽的抽屉,但总嫌它们太过单薄,又在各格上刻满了草药的名字,能够认得抽屉中所载诸物,就没有那么有趣。

　　后来一位美术师介绍我一位做酸枝家具的大师傅,我知道我理想的柜子能够实现,便画了图,请他老人家动工。

　　柜中有四十一个大小不同的抽屉和一个扇面小箱,规则各相异,利用到每一个空间,所以整体的面积并不大。

　　里面藏有各种观赏和实用的石块。从习作开始的图章分别放着,偶尔看看以前的幼稚,知道自己已进入另一阶段。中间的箱子供奉着老师的毛笔。

柜子的外层以酸枝造，内格是檀香木，打开来一阵幽香传来，心旌大动，做古人去也。

笔

举目一看，我家里除了那些书，几乎没有一件是值钱的东西。

要是小偷进来，东张西望，最多是搬走那个录像机和电视机，但款式已旧，要脱手谈何容易？

那几张丰子恺先生真迹，寥寥数笔，他们不会看上眼吧？家父的字画以及老师的遗作，更是令他们头痛。

最珍贵的是冯康侯老师爱用的一管笔，杆上刻着"群鸿戏海"，是老文元复记的长锋大羊毫。

笔锋已经是被墨蘸得如钢铁一般的坚硬，但一饮墨即刻柔软无比，老师写什么字都用它，不管是大小篆、草行楷或金文甲骨，皆那么潇洒自如。

跟随他老人家有一段日子，从未求过老师为刻一方印。虽然老师已写了印稿，但始终未完成。老师去世后我到他家里凭吊，长子文泰兄很大方地把那管笔送给我，好像是冥冥之中，老师的意思。

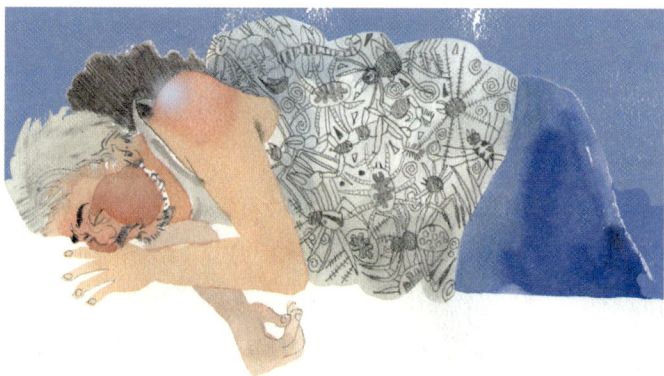

早春图

中国的山水画,写实同时又写意,绝非西洋画可比。小时候看山水画,非常之讨厌,画来画去总是那些巉岩,好像千篇一律,很快地将画册的页数翻过。一直到近年,才越看越沉迷,已有不能自拔的倾向。

这么悠久的历史上,我觉得还是宋朝的山水最美。宋画中,也只有郭熙的作品我最喜爱。郭熙的一生,唯有他的那一幅《早春图》是永恒的。

这幅画的真迹在台湾的故宫博物院摆了很长的时间,我每次到台北,必坐在它的面前数小时。所以去看的时候都是一个人,免得友人亲戚不耐烦骂我是疯子。

整个画面黑漆漆的,但保存得算好,可以看到每一个细节。山、水、树、房子和人物都没有抽象地画出,为什么说是写意呢?中国画家将他认为最完美的境界,构图在这长方条幅上,所以说这绝对不是写实。

望着画，慢慢地漫游到清、明、元各代而到宋朝，自己的服装和发式也渐变，看见一个妇人携带小童，手抱婴儿离船上岸，回头看她的另一个大儿子挑着担子跟随着来。

我是画中那个只看到半身戴笠的人，有两名脚夫带着我的行李，其中一名指着路要我走快一点，我根本看都不看他一眼，被周围的仙境吸引住，悠闲地走过了小桥。

早春的天气还是带寒，但登峰时已感体热，我的额头有点微汗，走至瀑布处，泉水清透，叫脚夫停下，拿出茶具烧水沏茶。

品茗间看到太阳照晒下，山的蒸汽和云层融合，分不清是蒸汽还是云朵。

再上路，已见楼阁仙居，传来阵阵的琴声和歌伎的嬉笑。快步走进，美女相迎。酒醉饭饱后作一小眠。

被低声唤醒，精神一振，又继续旅途。除松柏之外还有各种以前没有见过的奇树。每走半个时辰，又有另一幻境。阳光跟着变化，山石有时碧绿，有时金黄。

爬到山顶，向上看只有白茫苍天，仙鹤飞来，身大如马，我骑上去，飞入太空。不是博物院闭门钟声叫我，绝不肯降陆。

真
不
如
假

日本出版公司"二玄社"定制了一架五米长、一吨重的自动摄影机，空运到台北，拍摄故宫博物院的不朽字画。

这架摄影机可装巨大的底片，制版后最少可分八种颜色，多至十二种，再印刷到特制的纸和绢上。裱装亦精细，重现原字画的绫绢、纹样和题签，包装的袱沙、薄叶纸，入桐木盒，另双重保护纸盒。

字画的题字、赞、跋文等皆复制，另有精美的小册子释文，解说印章。

挑选的品位极高，书法虽只有十二件，但件件都是精华，包括有晋王羲之的《平安》、《何如》、《奉橘》三帖，同人之《快雪时晴帖》，唐孙过庭之《书谱》，同代怀素之《自叙帖》，同人之《草书千字文》，宋苏轼、黄庭坚、蔡襄、米芾四家小品，还有苏的《黄州寒食诗》，元赵孟頫之《闲居赋》，同代张雨之《七言律诗》，明祝允明之《祖允晖庆诞记》，同代董其昌之《杜甫谒玄元皇帝庙诗》。

画二十件：唐《宫乐图》、五代《丹枫呦鹿图》、宋范宽之《谿山行旅图》、郭熙之《早春图》、崔白之《双喜图》、米芾之《春山瑞松图》、刘松年之《罗汉图》、马远之《雪滩双鹭图》、元吴镇之《洞庭渔隐图》、王蒙之《具区林屋图》、倪瓒之《容膝斋图》、赵孟𫖯之《鹊华秋色图》、黄公望之《富春山居图》、明王绂之《山亭文会图》、沈周之《庐山高图》、唐寅之《山路松声图》、仇英之《仙山楼阁图》、董其昌之《葑泾访古图》、清王翚之《溪山红树图》、恽寿平之《仿倪瓒古木丛篁图》。

此出版计划由故宫和日本合作。挑选者是台湾的江兆申负责，印刷精密地能看到笔画的转折及重叠处，是其他复制品难于做到的。

当然我们会更喜欢木版水印，但是要制出上述作品，这项工程是非常困难的，希望有一天能看到。

友人家中常见挂着一些吴昌硕或齐白石，说是以上万的金钱购买，由专家鉴定是真迹。真品固然不假，但并非精品。

一个书画家一生能有几件是精的？

倒不如，以次等真迹的百分、千分、万分、万万分之一的价钱，去买这些经典之作，挂着欣赏，其心情是多么地开朗和平静。

宁做唐寅

读祝允明的《唐伯虎墓志铭》、写给文徵明的信、自己的题画诗词等可靠资料，知道真正的唐伯虎，并不如传说中那么风流倜傥，而是一个悲剧人物。

他生于一四七〇年，于一五二二年去世，只活了五十四岁。

十八岁时和徐氏结婚，廿四岁那一年父母、老婆先后死去，翌年妹妹也自杀了。廿九岁时倒霉到被牵涉入泄露考试题目事件而入狱，虽然只坐了三个月牢，出来后还要付一大笔罚款。

后来也再娶，可是这个女人不是东西，在他生肺病时弃他而去，他一生只有这两个老婆，哪里有什么秋香和桃花坞中那么多的女人？

酗酒是他的致命伤，但是，一个人如果有那么大的打击，狂饮的习惯并不难理解。看着他的一张张字画，真为他叫冤。

他曾经自嘲说：醉舞狂歌五十年，花中行乐月中眠；漫劳海内传名字，谁信腰间没酒钱？书本自惭称学者，众人疑道是神仙；些须做得工夫处，不捐胸前一片天。

比唐寅更有名气的赵子昂，曾祖父、祖父和父亲都是宋朝的大官，他自己在二十七岁时已做了官，后来也一直官运亨通，活到六十九岁，一生极富有，精于鉴赏书画，故收藏了不知多少古董。

他自己除字画外，善于诗词，也对篆刻有研究，以圆朱文著称，又是一个音乐专家。他的书法，笔画丰泽圆劲，起收迅捷而浑成自然，但总觉得媚意多，缺少刚正色。

画无论山水、兰竹、人物、花卉、鸟兽等各得其妙，功力深厚。尤其是画鞍马更是一绝，但他不会唐寅的自我幽默，曾自题画马说："吾自幼好画马，自谓颇近物之性。友人郭佑之尝赠余诗云：'世人但解比龙眠，哪知已出曹、韩上。'""曹、韩固是过许，使龙眠无恙，当与之并驱耳。"真是自大得不要脸。

赵子昂更变节仕元，异族统治者对他"宠眷甚厚"。宁做唐寅，不为孟頫。

美谈

数年前读马国权先生编的《广东印人传》，发现一个美丽的故事。

清末在顺德龙江乡出生的蔡守，十七岁到上海震旦学校读书，与同学议论革命，被迫逃难，因之认识苏曼殊、邓秋枚等人，共同研究书画金石。辛亥以后，在广东师范及岭南大学教国画维生。

比他小十二岁的同乡人谈郯，就没有蔡守的命好，不知什么原因，到了尼姑庵出家，该庵庵名月色，谈郯很聪明地取之为名，叫谈月色。

她记忆力强，善于背诵经文，所以每有斋醮，必由她主持。

蔡守的旧名士习气很深，收藏许多古董字画外，还常研究地方的文物，收藏西汉间南越木刻、玉璧、砖等，又好交文人艺术家。

民初，大家认为尼姑庵是变相的妓院，谈月色有没有卖身我们并不清楚。当时广州市政局一度取缔庵堂。蔡守在这个时候遇到了谈月色，惊其才华，娶她为妾。

从此，他每天施以艺术熏陶，她很快地吸收。所画之黑梅和所书之瘦金体，一时誉满羊城。篆刻方面，她大胆地以瘦金入印，刻出"力争上游"等作品，得郑逸梅以诗赞许。

一九三六年，蔡守参与故宫博物院文物鉴定工作，可惜因卢沟桥事变而中断，南来到金陵。这时他的经济已有问题，文人又不善于管财理家，这责任全由谈一人负起。

她只有身边几个钱，便先向邻近的商店赊入柴、米、油、盐，随即以现款付清债务，故取得信用，以防将来毫无分文时，容易借火。从这一点，的确可以看出她能干之处。

蔡守本人也刻印，因所见广博，并不专治一家，他的布局每有佳趣。有时自刻，或者写完印稿叫谈月色代刻，虽生活贫寒，但极享乐。最后他于一九四一年去世，因为他所收集的资料范围很广，又多论著，但文字散见杂志，谈月色四处拜访，筹款为她先生出版了《寒琼遗稿》等书。

晚年她居南京，当文史馆馆员，活到七十多岁。文艺界的老一辈们，常以妇道称之。

谈
裱
画

要是居住环境楼顶高的话，挂一两幅中国字画，是件非常清雅的事。

"条幅"，又叫"中堂"。最普通的是，单独地悬于墙上，内容可能是山水花卉，或是一首诗词，接着是两幅的长条"对联"，或是横着过，写上什么什么斋的"横批"。

向人家要了一幅字画，欢天喜地地拿去裱，一不小心遇到一个俗气的师傅，就会把整张字画的构图破坏掉了。所以装裱本身，已是一门很深奥的艺术。

古时候的藏家常有一位裱画的朋友，请他在家中工作，常人以为这是怕给人换成有赝品，其实字画看得多的人心胸已经豁达，不会往坏处想，他们只是惜画如命，不舍得离开它们罢了。

还有一个荒谬的传说，是裱画人会将字画的底层剥去一卖二，但是事实上这是不可能的，即使画家用的纸是双层的夹宣，拆出的第二层和原画绝对不同。

获得字画，就算不装裱的话，至少也要"托底"，又称"裱背"，那是把另一层或数层纸用糨糊贴在字画的背面，要不然原作便容易损坏。字画一经裱过，神采飞扬，跃然生动，收锦上添花之效。古人云："装潢者，书画之司命也。"

为了怕尘埃，现代人常把书画入镜，有些人还用了会反光的玻璃，这是我很反对的，觉得字画一入镜，便像把奇珍异兽关入笼子，很残忍。

字画应该挂着来看才有生命，好的作品，每次看都看出新东西来，次者观久了必然生厌，淘汰去也。

数年前得弘一法师的四幅画，画着三个和尚和一个拾得。李叔同的字已难得，画更稀少。珍之，珍之。但怎么装裱呢？大费脑筋。结果找到"湛然轩"的冯一峰，和他商量后裱成各自独立，但拼在一起又成一幅的四条，在第二、第三幅上各加一条"惊燕"，构图完美。

惊燕是由画的天杆上挂下来的两条绢条，凡人看了以为是日本式。这东西源自中国，绝非东洋货。它随风飘逸，增加了画本身的动态，是我喜爱的。

请冯一峰为我裱画的好处是这位仁兄对传统的装潢已下过功夫，再跳出来独创一格地裱画。先师冯康侯赠我一副对联："发上等愿结中等缘享下等福；择高处坐就平处立向宽处行。"当年，我不知道怎么裱，冯老师说："何必拘泥？有时把对联裱在一起，成一幅中堂也行呀！"

经老人家一语道破，我裱画有时也不依传统，冯一峰的裱装，甚合我意。

比方说，传统上字画的边多用黄色的锦绢来裱，我要求用宝蓝色，大家都说："呀！这是死人颜色，怎么可以裱画？"但我一意孤行，裱出来以后衬着浅黄的墙，不同就是不同，很有味道。

冯一峰有理论更深一层，他说："怎么不能？有时我还用西装料子来裱呢。"

思想一奔放，麻、呢、绒等布料，只要不是太厚，都能裱画。冯一峰家里是做纺织业的，学了裱画之后很努力地去研究布料的质地，依纤维的组织，他大胆地用各种布料装潢，自然生趣。

可惜，为我裱过的那四幅弘一法师作品，我并不满意。原因是它们往外翘曲。当然，这与香港潮湿的天气有关，但自古以来，中国字画的装潢，都有这种毛病。有时，我只好请师傅把字画裱成往内曲，这总比向外翘好得多。

冯一峰知道了之后把画拿回去重裱，近来他得到了思达集团的赞助，经多年研究之后以科学方法结合传统经验，制成一种叫"善灵液"的辅助液来，随天气的变化，也能将字画的曲度保持在正负一厘米之内。

重裱过的四幅现在悬挂在我的办公室墙上，不必用渔线箍住，也平直得赏心悦目。

有时得一古画，已发霉，水渍，虫蛀，裱绢又裂破和翘曲，这种情形之下多数拿去重裱，回来时焕然一新，格格不入，甚为心痛。用原来的丝绢装过，兼清洗裱件的灰黄，照原样修缮也是冯一峰的看家本领。

字画下面，我爱看"轴杆"，所谓"轴杆"就是末端的那根横木，有人喜用象牙，这不环保。而用牛角者，古人说会生虫，冯一峰发现这种例子倒是少有的。也有人用酸枝或紫檀，我认为最好是用檀香木，至少可以防蛀虫。发起疯来向冯一峰建议："不如用塑料筒，里面装防潮珠，岂不更妙？"他听了笑着说方法可行。

冯一峰送过我他写的一幅字，裱工精彩绝伦，但是我嫌有点喧宾夺主，这可能是因为他还年轻吧，冯君不到四十，等他心境如水时，或有另一境界。

裱画有时可以以清一色的一幅锦绢装潢，用的是裱扇面的"挖嵌"法，粤人称之为"挖斗"，即是把画心裱入锦绢之内，这也很大方得体的。

有趣者为古人裱画，有时用的材料竟然是粽子。把粽肉擂烂后加豆粉和石灰，黏起来不易拆开，但是依冯一峰，裱画不能太过坚固，否则今后要重裱，便成死物，这也有道理的。

冯一峰说："最滑稽的是有人还以为墨一遇到水就溶化了，在一部电影中男主角那封重要信，竟然被雨水淋得面目全非。裱画的基本就是浸水和上浆，如果墨遇水速溶，那我们这行就不必捞了。"

　　和老友曾希邦讨论过自印信笺的问题，并互相设计了数种，结果都因俗事缠身而没有去做，但是想想也得到满足。

　　我们原则上同意用宣纸来印，图案绝对不能用化学颜料，因为它们不上墨，信笺便失去意义了。

　　信笺只有用木版水印来处理才行，只用黑白单色，一有七彩便抢眼了。

　　图案设计有三种：

　　一、用明徐渭的《墨葡萄图轴》，此轴的构图奇特，又写实又抽象，藤条错落低垂，枝叶纷披。印在信笺上把原画的浓墨浅淡之，还是依旧可以看出葡萄的层次。

　　信笺的一角，加上文长的那首脍炙人口的诗：

　　半生落魄已成翁

独立书斋啸晚风

笔底明珠无处卖

闲抛闲掷野藤中

二、用明沈周之《写意》。画庄周坐在地上看蝴蝶。

此图最精彩的部分是作者题跋的书法：

庄生苦未化

托此梦中蝶

我画梦中梦

浮世寓一霎

三、用元赵子昂之《曝书逸趣》，画中人物郝隆露出大肚皮躺在地上。是日为七月初七，人们忙于晒衣物时，彼向日仰以院中，人问："你在干什么？"

郝隆回答："我在晒肚中之书。"

信笺的右上角用淡墨印有吴让之闲章，印文为："但愿无事常相见。"

这是数年前的构想，渐渐地，那些图案一点点地消失，印章也隐形了。

近来，只想要在宣纸上印着某某用笺的四个宋体字。

今天，也许只剩下一张白纸。

家具

酸枝家具，我从小爱好。记得家父好友的办公室里有两张太师椅，大家坐了都嫌硬，我却能在上面看几小时的书，毫无怨言。

长大后常听到某某人的家里，把一套酸枝家具拿去铺头换舒服的欧洲沙发的事，每每摇头叹息。若干年前，要是有能力购入，那该多好。唯所居之家皆为借来者，一想到酸枝的大件和沉重就不敢去买。现在价钱已涨到天文数字，只能看照片观赏了。

并不贵呀，许多人告诉我，比起意大利真皮家具，酸枝的价钱算得了什么？

我听了总微笑不语，请尽管去找一套普通紫檀，已经是可以购买一栋房子。

复古当时兴，目前也有许多人的家里摆设酸枝，但是一看就知道是南洋的贱价花梨，最多为广东铁力木，没有什么价值。而且，酸枝家具之中也有所谓"品"和"病"。朴实率直就有品，臃肿笨重就是病了。想有文化而不去研究，就会变成一头猪。

　　酸枝家具，大方耐看，一旦购入，就用一生一世，不能随便更换，它的缺点诸多，用久了才发觉舒服和不可缺少，摆在客厅圆浑沉穆，设于卧房文绮婀娜。和要娶老婆的道理，是一样的。

明朝家具

　　中国人的生活习惯，自古以来是席地而坐，端端正正地很守礼貌。自从晋朝起，开始没有规矩，跌坐斜坐或坐高一点皆可。入唐以后，似椅子的家具已经可以从图画上看到，到了宋朝，就不以床为起居中心，和现在一样有桌子椅子了。

　　但是宋朝的家具太过原始，等到明朝才是中国历史上家具最轻便、线条最美的时期。明朝之后，人多贪心爱永恒，桌椅又越造越大，越用越粗，尤其清朝的注重镶嵌上庸俗的贝壳和云石，更不像样了。

　　明朝家具变化多端，看起来好像是每一个匠师都在随心所欲地发挥自己的才能，做成一件艺术品，其实，任何样式都有很严格的准则和法度，有了基础才发扬，不是即兴的东西。

　　但是，到了清代，有钱有势的人任命匠工标新立异，制出种种悖谬不经的桌椅和橱柜，现在虽说是古董，只能摆在祠堂或墓中。

　　每次在博物馆或图片中看到明朝家具，都赞叹不已。自己家里不可能摆设这些艺术品，但可以仿制，选好木头，找位可靠的师傅，请他慢慢地造一两张，价钱不会贵。挂一幅名家精品的木版水印画，也绝对比买一张劣等的真迹好。

合
理

酸枝家具的木料，坚硬如铁，全靠榫卯结构组成，钉子一根也打不进去。

所谓"榫卯"，即是穿插、扣紧、拼起的总称。可细分为：一龙凤榫加穿带、二攒边打槽装板、三楔钉榫、四抱肩榫、五霸王枨、六夹头榫、七插肩榫、八走马销等等技法。详细解释可参考三联出版的《明式家具珍赏》一书。从前的匠师们全凭榫卯就可以做到上下左右，粗细斜直，接连合理，面面俱到。家具工艺之精确，扣合之严谨，间不容发，使人有天衣无缝之感。

单说一副目前最普通的餐桌吧，传统上是一张两头圆的长方形桌子，六张交椅。桌子由四个部分拼起，少一点人用，拿掉中间的第一块木板；更少人，再拿掉另一块，就可以把左右两端的圆合成一张圆桌。

虽说酸枝家具不舒服，那是印象问题，其设计完全根据人体解剖而创，比方说椅子的靠背板，就配合了我们的坐势的曲斜，以最为舒服的弯度而设，绝对不会迂腐到一定要端端正正的。

榫卯结构是一穿一搭，和雌雄的性具一样。

阴阳配合，正如夫妇关系，钉子像结婚证明书，无用武之地。当然，一张桌子几把交椅，更是合理得出奇。

文
字
古
玩
——
蚊

爱好古董字画，仿制品不屑，真迹又买不起，只有玩古文字。

昨夜甫入眠，一蚊来袭，似欲觅食果腹。自读《护生画集》，杀生之念已泯，乃静卧不动，请其自助。

是蚊至狡黠，浅尝肉味辄止，惟盘旋耳际，挥之不去。余醉眼矇眬，见其颠扑之状，不禁失笑曰："余贪杯如此，汝吮我血，安得不醉耶？"

少顷，蚊又肆虐，余忍无可忍，遂以掌自击。耳肿，蚊逃去。老妻惊醒曰："妾闻蚊声欲以身喂，奈何肉已不香。"

余甚感动，催妻自寝。

披衣入书房，再无睡意，乃扭开电视，聊以消遣。老妻复起陪伴。余不忍，遂熄灯携手返卧房。

可恨蚊子，腿细而体斑，头大如鬼，厥状奇丑，然态度高傲，吸血时且跷其脚，是可忍，孰不可忍？遂起床待战。老妻劝余安睡，谓明日公事将压人扁。言罢，径取蚊香焚之。

转念间，心复不忍，因思此一细小生灵，若欲杀之，亦应予以自卫机会，岂可以毒气对之？沉思良久，昏昏欲睡，忽见一大蚊如蝙蝠，迎面袭来，与之纠缠。蚊噬吾颈，伸出毒刺，且嘶声大作。巨蚊俄而不支暴毙，盖蚊香已发挥作用，正庆幸间，巨蚊腹部蠕动，砰然一声，蚊腹爆裂，无数细蚊涌出，余之七窍尽为封塞，余窒息欲死。奋力挣扎，大吼一声，猛然惊醒。窗外鱼腹发白，已是破晓时分。挥视床前，但见蚊尸累累。

花生漫画

听说《花生漫画》快有中译本出现，真是个喜讯，也佩服陆离在这画集中下的工夫和毅力，她的译本应是最可靠、最传神的，这不单要有好的英文底子，而且要对这画集有如宗教信仰的那份狂热才行。

我也跟足了二十几年"花生"，在不同的国度里，订阅连载它的报纸，一直到了今年，才觉得它已经有点疲惫，或者这是因为我的童心已泯，总之觉得悲哀。

画集中，最能把自己的感情沟通的史努比，它的思想相当独特，对它主人的喜怒哀乐不太关心，春天一到便大跳其舞，有时语言运用得很刻薄，极会享受，小狗屋里有个桌球室。作者舒尔茨所创的角色，都有人性，也有少不了的缺点。奈勒斯是个绝顶聪明的人物，他不但会背诵整本《圣经》，而且每当被欺负时，以被单当武器，将被单一弹，所向披靡。他的缺点是戒不了吸拇指和抱被单的习惯，又迷信大南瓜神有一天会出现。不过真正的失败还是和查理布朗一样太信任别人。一次，他为了要他祖母戒烟，答应自己也不吸拇指和抱被单。几天下来，他挨得眼圈都发黑，但他还不知道老祖母已出卖了他，偷偷地在吞云吐雾。

露丝是个最令人讨厌的角色，她势利、欺善怕恶、自作多情。只是这么多年下来已渐渐习惯她，接受她，也不觉得她面目可憎。

其实舒尔茨笔下的女孩子都没有他的男孩子那么可爱。

查理布朗的妹妹又不讲理，又刁蛮；暗恋查理的佩蒂有自大狂，并且贪睡。不过作者的每一个人物还是活生生的，包括那座图书馆的墙。还有一个从来不出现的红发小女孩，也令人难于忘怀。

要做一个"花生迷"并不简单，如果你认为查理布朗每一次被露丝骗去踢球，而每一次都摔得一身肿是一件愚蠢的事，那么请你停止阅读"花生"。要是你觉得查理的风筝永远飞不上天是一桩很可笑的行为，那么请你停止阅读"花生"。因为，只有对人类充满信心，不追究得失的人，才有资格做"花生迷"。

才子

近年来才女这个名词被滥用，反而没有听说有什么才子了。

问问老人家如何才有资格做才子，听了不禁冷汗一把。原来要有以下条件：

琴棋书画拳
诗词歌赋文
山医命卜讼
嫖赌酒茶烟

单说琴棋书画拳已是不易，现代的青年能做到的大概只是操纵 walkman 上的按钮，戴上耳机听"琴"。

棋是电子游戏机。

书吗？连求职信抄也抄得不端正。

画有满书摊的连环图可以欣赏，要不然可看电视的一休和尚。

拳，有什么比功夫片更好？

诗，以前的小学生在厕所里还可作几句打油诗，现在忘了。

词？电视连续剧的主题曲中不是作得很好吗？歌当然懂啦，大L唱得不错。不过，赋是什么东西？文自己不会写，只要会谈马经，已经是一大成就。

为什么要会看"山"？哦，原来山是代表风水。风水我相信，小时候听过赖布衣的故事。什么？有一本书叫《本草纲目》？是讲什么的？看来有什么用？伤风感冒喝单眼佬凉茶最灵。不能出人头地是命中注定，给人家看看手相就好，何必自己去学？

卜，最好能预知孖Q跑出来的结果。讼就是打官司吗？

嫖还不容易？不过发现了医不好的疱疹，心里倒有点负担。麻将是生活的一部分，少不了。酒能享受到法国白兰地，谁够我威？每天早上饮茶，但是不喜欢用茶盅，倒得满桌是水，泡功夫茶的人更是笨蛋。烟吗？叹温斯顿，分外写意。你是说烟是抽鸦片，那不是吸毒？

才子二字，与我无缘。

挥春

新年。

闲着，焚一炉香，沏壶好茶，拿出红纸，替友人写挥春。

　　　处处无家处处家，
　　　年年难过年年过。

友人说呸呸呸，什么无家，什么难过，写些别的吧！

写什么呢？

写个"横财就手"吧。

古人教诲，横财不是什么好事的呀。

香港人才不管，有财就是，横财直财又怎么样？说得也是，便写了给他。顺手写张：临老入花丛。

"什么临老入花丛？"友人问。

我才不管，有花丛进好过没花丛进，进进出出，又怎样？

友人说：说得也是。

欢欢喜喜地把两张红纸拿走。

另一个说：我也要一对。

再不敢写什么无家难过了，提起笔来：

> 山中闲来无一事，
> 插上梅花便过年。

不不不，不要梅花，梅花听起来像是发霉，意头不好，改成桃花吧。是是，桃花好，桃花有桃花运，一定交很多女朋友，友人说。

瞪了他一眼，把那个梅字勾了一圈，在旁边写了一个桃字。

友人不太满意，但看我快发恶的样子，只好收货。

最后一个说：写"招财进宝"吧。

又是财又是宝，多么俗气！好吧，勉为其难，照写了四个大字。

友人左看右看："怎么是四个字的？"

"招财进宝，不是四个字是什么？"我恼了。

"街边那个老头，一口气把四个字写在一起，成一个大字，那才好看！"友人抗议。

不会写！说完把他轰了出去！

本来想去开一档写挥春的,看样子是开不成了。

新衣还没买,过年不穿新衣怎成?但看架子上衣服已一大堆,穿了新衣,也没有什么感受,不买也算了。日前跟人家挤着去买点干贝鲍鱼之类年货,已经半条命,还敢出门吗?

头总得剃剃吧。

理发店涨价是应该的,但要等,真不耐烦,想到被别人翻得快残掉的几本旧杂志,已怕怕。

什么事都不做。就那么过吧,这个年。

但一定受不了诱惑,友人一说要打麻将,即刻上桌,三天三夜,不分昼夜,打得头昏眼花。或者,到外地去避年,玩个不停,回来后照样疲惫不堪。

年没有什么好过的,做了大人之后。

还是小孩子的时候好,还是可以燃烧鞭炮的那个年龄热闹。

过年前的十天八天,家人已做足准备功夫。看日子打扫、蒸年糕、做发糕,大家忙个团团乱转。

初一那天,不准说不吉利的话,也禁止说粗口,但家中允许赌博。大人掷骰子,越掷越兴奋:四、五、六!四、五、六!大声地吆喝,喊了几下,出来的却是一、二、三。结果大人"丢那星丢那妈"的,什么粗口都说出来,为什么只有我们小孩子不能说?

"还是快点做大人吧。"小孩子盼望。

做大人的日子终于等到了。各个大城市已禁止放爆竹。家中的菲佣不懂得蒸发糕,吃的只是酒楼送的萝卜糕,全是鹰粟粉,一点萝卜味道也没有。

大人过年不想出去，拼命地睡大觉。大人，都已经很累很累了！

什么时候，我们不知不觉中变成大人呢？

从红包被家长骗去的时候开始。

高高兴兴得来的压岁钱，大人说："我替你拿去存在银行里。"

这一去，永不回头。

当小孩子想起时："红包呢？"

"唉呀！"妈咪解释，"我也得送给别人的小孩呀！我不送人，人家会送你吗？"

想想有点道理，也就算了。

但偏偏就有些小孩子不甘心："为什么要拿我的钱去送人呢？"

这一不甘心，你已经是大人了。

从此，你学会保护自己，你也学会怎么去说服别人：用他们的钱，是应该的。

这一来，你不只是一个大人，你已经是一个社会公认的成功人士。

不过香港这个地方，钱给别人拿去，是一个教训，是一个刺激，刺激你去赚更多的钱。社会从此稳定繁荣，最后还是以喜剧收场。

本来不想写些什么俗气挥春，结果还是拿起笔来，把这篇东西开头的第一句改了，写上：恭喜发财。

买菜的艺术

广东道和奶路臣街之间的旺角市集是我最喜欢去的一个菜场。

不要误会，我指的并不是政府建的那座菜市，而是街上的和路旁的小店铺及档摊。第一，它有个性，摆到道路中央，警察每天来抓，等他们走后，小贩摆满货物，大做其生意。

买菜，是一种艺术，和烹饪是呼应的。好厨子从不规定今晚要炒些什么，看当天有什么新鲜或新奇的材料，就弄什么菜。

当然，无可选择的酒楼师傅又另当别论，而且，菜色一商业化，就失去了私人的格调和热爱，也是极可悲之事。

怎么样能买到好材料呢？以什么水准评定它的佳劣？

这都要靠经验和爱好，没有得教的。

像一个当店学徒，他不是一生下来就会鉴定一件东西的好坏和价值，必要多看，多吃亏，最后才能成为高手。

到菜市场去逛一圈，就像去了字画铺、像进去一个古董拍卖场，必须从容不迫，优闲地选择。

　　最贵的材料并不一定是最好的。比方说猪肉吧。猪排、梅肉条等部分价高，但是一只猪最好吃的部位是包围在肺部外层，俗称的"猪肺捆"。它的肉纤维短而幼细，又略带肥肉和软骨，味浓而香，是上上肉，也是价钱最低微的肉。炒、红烧等皆可，滚汤更是一流。

　　煮完捞出来切片，蘸浓酱油和大蒜蓉，美味无比，试试就知。如遇新鲜者，择而购之，肉贩都会称赞你。

　　在市场游荡之间，忽然，你的眼中会一亮，因为你看到一种新鲜得发光的材料，那你的脑中即刻计算要以什么菜去陪衬它后，便要狠狠下手去买，贵一点也不成问题。

　　菜市场的菜，贵极有限，少打一场麻将，少输几场马，少买数张六合彩，已经足够你要买任何一样东西。

　　逛菜市场是最享受的时候，有如追求女人。等到下手去买，便等于上了床。

超级市场

超级市场已成了我们生活的一部分，有些都市人还上了瘾，不去兜一圈全身不舒服。

外国地广，超级市场的规模好像飞机舱那么庞大，所售的商品应有尽有，连汽车和拖拉机都摆了进去。管理有他们的一套，学问亦产生，如牛奶、鸡蛋等日常用品一定放在最里面的部分，顾客购买时务必经过其他货色，就顺便买下了。避孕套多数在收款柜台，付钱时一指，店员便拿给你。

旅行时想买点纪念品送朋友，机场或游客区商店都会乘机敲竹杠，最好去当地最大的一间超级市场购买，价钱总不会相差太远。

不过，我对超级市场总不喜欢，它太整齐、太干净了。尤其在新加坡的一间日本人开的，食品部门放着流行歌曲，客人们一面跟着唱一面推着车子买东西，我看了非常厌恶。

唯一中意的是超级市场中卖酒的那一部分，各式各样的佳酿，像一个神社，每次经过，必膜拜一番。

住在纽约的友人经常接待大陆去的文化界人士，问他们是否要去参观大都会博物馆，对方都摇头拒绝，说：请你带我们去超级市场好了。

半岛酒店

饮下午茶，再也比不过浅水湾酒店的阳台，斜射的金黄线下，懒洋洋地半卧半坐，望着海，两人相对许久不发一言。可惜，再也享受不到。

剩下唯一的是半岛。

这家酒店我没有住过，相信和一般传统的旅馆一样，房间不会太舒服。

我要说的是它的大堂，由两个戴白帽、穿白制服的小斯为你打开两扇画着门神的玻璃门，走进去后第一个感觉便是天井极高，圆柱顶上装饰着金色的希腊神像，气派万千。

气派，并不容易造成，先要懂得怎么去浪费，现代的建筑师再大手笔，也不敢设计那么大的空间。

小阳台上乐师们奏着轻音乐，茶座上坐满各类漂亮的人物。卓别林来过，马龙·白兰度也在这里跷过二郎腿。

半岛有极浓厚的殖民地味道,大不列颠的国旗不降下的时候,是令人讨厌的。但是现在的感觉是颓废的、没落的、腐败的,反而对它感到惋惜和亲切。

半岛,是一个历史性的存在。

快点去那里饮茶,乘半岛还没改变为友谊商店之前。

每个大城市都有健康与罪恶的一面，凡是坏的地方，总有浪漫。

听到九龙城砦要清拆，又有那么一丝丝的惋惜，唯有以文字来保存回忆。

大概十年前，我们为了要逼真地拍一部关于吸毒的电影，就安排和美术指导一起到城砦里去看看。

带我们去的是个便衣警探，听说他在城砦内很吃得开，大家就放心地跟着他跑。

曲曲折折的狭小巷子，转了一会儿，有间小屋子，这就是我们要看的鸦片档。还没走进去，已闻到一阵浓厚而罕有的香味。

想象中，抽大烟的人都是骨瘦如柴、脸色枯黄的，但是看见躺在床上吞云吐雾的是几个大胖子，红光满面，像酒楼的大老板。

我们详细地研究烟具和烧烟泡的过程，这时，忽然听到争吵的声音，原来是那吃得开的警探吃不开，和看守的大汉打了起来。

　　看情势不对，美术指导和我做个眼色，想即刻逃走，但是这难得的机会岂可放弃，我抓住烟筒猛吸两口，后来一面跑，一面像在飞翔，就算奥林匹克选手，也追不上我。

投
注
站

星期天，在奶路臣街散步，其他店铺还没有开门，但是投注站已一大早挤满了人。

有的交头接耳，有的独自埋头读报，当然不是看我们写的专栏。

这些人是什么职业，怎么样的生活背景，我却很有兴趣，直瞪着眼睛观察，有条大汉给我看得心中发毛，大喝一声："喂，你左看右看，看什么？"

我微笑着走开。

隔壁，有家书店，玻璃橱窗里摆了几本书，也不全是畅销小说，有《中国哲学思想》等学术性的，更有《小津安次郎的世界》之一类的冷门，书的封面全给太阳晒得有点发黄，已经很久没有换过。

一个戴眼镜的中年人走过来开门，锁很简单，是便宜货，可见得店主很放心，没有贼人会光顾。

中年人也看到投注站的人群，口中喃喃，像是在咒骂。转过头来发现我在盯着他看，本来要发脾气，但是由我的眼神知道我是站在他那一边的，向我苦笑。

我想安慰他几句，又不知如何开口。

"人家是老板娘特准的，生意一定比我好，你说是不是？"他自嘲地说。

我拍拍他的肩膀，走远。

角落士多

在我生长的地方，角落士多多数是印度人开的。

肥胖的老板坐在小凳上，天掉下来动也不动，客人各自拿东西走到他面前结账。

士多的货物当然是应有尽有，它综合了药材铺、糖果店、烟酒局和书报摊等等。

印象最深的是香烟可以论支散买，一毛钱两三根不等，偷学抽烟的时候轮流换牌子。看看哪一种最适合自己的胃口。它还出售一种叫"比利"的印度烟，烟叶包着香料，小小卷的二十支，味道香浓，可惜常自动熄火，抽一根要点火数次，不懂的人还以为是抽大麻。

印度老板目不识丁，却卖各种语言的报纸，和顾客沟通的是马来语和简单的英语，厉害的是不用算盘也没有电子计算机，卖多少东西一看就知总数。

多年不见，大胖子的须发皆白，衬着那张黑脸，像斑马的头，他还记得我："在我眼中，你还是那个小孩子。高高瘦瘦，一点也没变。"

　　"老了。"我说，"快肥得和你一样了。"

　　他大笑，问："买东西，为什么不去百货公司？"

　　"你就是我的百货公司。"我回答。

　　大胖子首次从他的小凳上站起来拥抱我。

蚝涌

已经好久没有到西贡蚝涌去饮早茶了。

现在天已发亮，赶稿至今，肚子有点饿，想起以前住在清水湾，蚝涌是我差不多每天去的地方。

在蚝涌饮茶的特点是可以坐在树下，慢慢地读报纸，或与常客聊聊天，幽静得很，不比其他茶楼那么嘈杂和拥挤。

这间茶室最少已经经营二十年，我第一次去到现在也有十几年工夫，老板是位潮州人，大师傅蒸出来的粉果最好吃，再来一盅铁观音。树上的种子有时掉进茶杯，顾客也不在乎，顺手捞起或倒掉，若无其事，清风吹起，的确是无上的享受。

来这里的客人出自各阶层：工厂的职员、过路的货车司机、到十四乡去拍外景戏的工作人员和演员、去银线湾早泳的人如杨善深老师，各自饮茶，不分彼此。

几条野狗在茶档周围徘徊，客人悠闲，哪管有什么疯狗症。

茶室在车公庙旁边，有条小溪流入大海，以前清濯，现在已被附近的染布厂污为漆黑，小鱼再也不生存，但是熟客照样把鸟笼挂在枝头。昨日今天，一年十载，天塌下来，当被盖。

时常忘记，医生也是人。

周围的环境充满消毒药水味，桌上摆着一颗用红色大理石雕的心，墙上角挂着一副骸骨，候诊室里都是一些解剖图片。

所有西医都是怪物，你想想看，一个普通人怎么会花六年工夫去死读一门学问，毕业后还有数年见习，每天把病人当成一件物品翻来弄去，又要将他们的四肢五脏切开缝上，你我做得到吗？

中医比较像人，至少他们不打针，没有一见面就有像要宰你的感觉。

一定要与他们相处，才能发现有趣的西医甚多。小学同窗也有一两个当了医生，私生活下，他们常常发表伟论，说召妓无碍，接着由裤袋里抓了一把最新的药丸免费分赠。

老师的学生中也有好几个是西医，陈铫鸿老兄是泌尿科专家，他讲的人造阳具的故事把我们笑死。

　　还有一位对篆刻研究甚深的师兄，是名骨科医生，当开脑是吃便饭，他告诉我们，每次做完手术把头皮缝上之前，有个极大的诱惑，那便是很想在病人的头颅骨上用刀刻上一个图章。

　　我最讨厌洗碗碟，要是有个人替我做这个工作，谢天谢地，我宁愿在客厅喝白兰地。

　　一向认为这是女人应该做的事。辛苦了一天，回家还要干这些劳什子？但是，如果双方都上班，我也赞成分工合作，你烧菜，我洗碗，或者是倒过来。其实，互相有爱意，煮饭洗碗，同是一件事，多做一点有什么关系，何必分得那么清楚？就算你真的抢着来洗，对方也不让你洗。

　　烧东西吃，我是喜欢的，我能一进厨房，做出印度、马来西亚、新加坡、印尼、越南、缅甸的种种咖喱；鸡、牛、蔬菜、蛋，顺手得来的材料，烧一桌菜，每一样都是咖喱，但是各品味道完全不同。煮完后，厨房一塌糊涂，我就少理了，又在客厅饮白兰地。

　　男人炒菜，一定比较好吃，简单的几个蛋，也能煎得比女人香。试看，世界上的大师傅，有几个是你们？

你又在笑骂了，这个乱七八糟的厨房怎么办，大师傅？

"我来洗，我来洗。"嘴里是这么说，但太饱了，身体不想动。这个时候，你会说："算了，还不了解你？去喝你的酒吧。"

虽然不喜欢洗碗，但是绝不能说我不会洗碗。先挤洗洁精，打开水龙头，浸一会儿，再把碗碟用粗尼龙布仔细擦一次，最后慢慢地冲水，用手指揉了又揉，等到"刮刮"有声时，才拿出来吹干，光光亮亮。

当然，这是我一个人的时候做的事。有你在，我才不干。

去一个与伴侣分开了的朋友家里，烧菜给他吃，又差点把他的厨房弄爆炸，杯盘堆积如山，他一个人慢慢地洗。

"喂，干什么，快点出来喝酒。"我大声呼唤。

对方咬着烟斗，态度安详，一个杯子洗了又洗，什么时候才把所有的东西弄干净？

"你不要管我，也不要剥夺我的乐趣。"他静静地回答。

能够替爱人洗碗碟，好过孤独和寂寞，是种幸福。

宠物

香港的生活水准很高，从畜养宠物可见。目前各中心林立，供给它们一切服务。每一次经过狗医院，见主人们面色忧郁，焦急地等待看病。我心里就起了一个疑问："他们对人类也有同样的爱心吗？"

我对小动物都没有兴趣，以前养过，但是它们总比人类寿命短，一有了爱但又看它们夭逝，免不了痛苦，所以我不想再养它们。

我并不反对别人家里有猫有狗，这是他们的自由，但是如果不替它们多洗澡，家里有阵阵的动物味的话，那最好不要请朋友到他们家里，这是对友人的失敬。

养动物的心理，要是为了防止寂寞，我是十分赞同的。看到老年人牵着狗的背影，总有一份凄凉，但对他们来说，狗是一个朋友，忠心的朋友，当其他朋友都少与他们来往时。

有空又抱又吻，无暇就骨头也不喂的人，最好让他们来世也变成一只狗。

　　什么生意都有人做，我看过狗的美容院，把它们的毛剪得一节长一节短还不算，又故意地将它们染成五颜六色，然后修趾甲、电毛等等。我也看过狗的旅馆，一间间舒服的小房，主人出国时便把它们寄养在里面。一天三餐之后，还有专人带它们散步。我想，有一天一定会出现狗的妓院。

　　本来最忠心、最可爱的应该是中国人的土黄狗，但它们的命运最差，养它们好像是变成一种耻辱，绝对起不了身份象征的作用。

　　最讨厌的是那种娇生惯养、眼睛看人低的贵族狗，它们欺善怕恶，它们仗势凌人，养这种狗的人，本性一定和狗一样。

　　这种狗最好拿来红烧。

　　我是一个吃狗肉的人。不要怪我残忍，我也不怕得罪许多爱狗的读者。

　　当然，忠心的狗、防盗的狗、消除寂寞的狗、带给儿童欢乐的狗，我是绝对不会吃。我吃的是专为变成食物而养大的狗，它们什么功能都没有。在这种情形之下，我吃的不是狗，是猪。

宠物乐

生活水平提高，大都市的人开始有余裕送花，花店开得通街皆是。

跟着来的流行玩意儿便是宠物！

猫狗的确惹人欢喜，深一层研究，也许是城市人寂寞吧。

狗听话，养狗的主人多数和狗的个性有点接近：顺从、温和、合群。

我对狗没有什么好印象。小时候家里养的长毛狗，有一天发起癫来，咬了我奶奶一口。从此我就讨厌狗，唯一能接受的是《花生漫画》里的史努比，它已经不是一条狗，是位多年的好友。

在邵氏工作的年代，宿舍对面住的传声爱养斗犬 Bull Terrier，真没有看过比它们更难看的东西。

另外一位女明星爱养北京哈巴狗，它的脸又扁又平，下颏的牙齿突出，哪像狮子？为什么要美其名为狮子狗？

旺角太平道上有家动物诊所，走过时看见女主人面色忧郁，心情沉重地抱着北京狗待诊，我心想：要是你的父母亲患病，是否同样担心？

楼下有个西人在庭院中养了一只狼狗，它日也吠夜也吠，而且叫声一点也不雄壮，见鬼般地哀鸣。有一晚我实在忍不住，用把气枪瞄准它的屁股开了一枪，它大叫三声，从此没那么吵了。

在巴黎、巴塞罗那散步，满街都是狗屎。但是，有时看到一个老人牵着一条狗的背影，也就了解和原谅它们的污秽。

"你再也不讨厌狗了吧？"朋友问，"它们到底是人类最好的朋友。"

我摇摇头："还是讨厌，爱的，只是黑白威士忌招牌上的那两只。"

猫倒是可爱的。

主要是它们独立、自由、奔放的个性。

猫不大理睬它的主人，好像主人是它养的。

回到家里，猫不像狗那样摇头摆尾前来欢迎。叫猫前来，它走开。等到放弃命令时，它却走过来依偎在脚边，表示知道你的存在，即刻心软，爱得它要生要死。

猫瞪大了眼睛看你，仔细观察它的瞳孔，千变万化，令人想大叫："你想些什么？你想些什么？"

在拍一部猫的电影的过程中，和猫混得很熟，有时猫闷了，找我玩，我就抓着它的脚，用支铅笔的橡胶擦头轻轻地敲它的脚底板，很奇怪的，它的脚趾便会慢慢张开五趾上粉红的肉，打开之后，像一朵梅花。

要叫猫演戏是天下最难的事。

逐渐发现猫喜欢吃一种用莼菜的种子磨出的粉，在日本有得出售，叫 Mata-tabi。猫吃后像是醉酒，又像抽了大麻，飘飘欲仙。

拍完一个镜头，给猫吃一点当为报酬，但不能给它们多吃，多吃会上瘾。

不过我还是不赞成养猫狗。

并非我不爱，只觉得不公平，猫狗与人类的寿命差别太远，我们一旦付出感情，它们比我们早死总是悲哀不能克己，我不想再有这种经验。

小孩子养宠物，增加他们的爱心，是件好事，但一定要清清楚楚地告诉他们，教他们认识死亡，否则他们的心灵受的损伤难以弥补。

大人的最佳宠物应该是情妇吧。

不是每一个人都养得起，但是想想无妨，又不用钱。上选是个呼之则来，挥之则去的。既然只是想象，来多个金发的。

越想越狂，不如用架波音七四七，把她们载到南太平洋小岛上度假。

回到现实，还是谈主题宠物。如果一定要养的话，就养乌龟。

乌龟比人长命。

倪匡从前在金鱼档里买了一对巴西乌龟，像两个铜板，以为巴西种不会长大，养了几十年，竟成手掌般大小，而且尾部还长有长长的绿毛。

移民之前，倪匡把家里所有东西打包，货运寄出，看见这两只乌龟，不知怎么办才好。

"照道理，把它们放在手提行李，坐十几个小时飞机，也不会死的。"他说，"但是移民局查到麻烦。而且万一乌龟有个三长两短，心里也不好过。"

我们打趣道："不如用淮山杞子把它们炖了，最好加几根冬虫夏草。"

倪匡走进房间找一把武士刀要来斩人。

我们笑着避开。

最后决定，由儿子倪震收留。

"每天要用鲜虾喂它们。"倪匡叮咛。

"冷冻的行不行？"倪震问。

"你这衰仔，几两虾又有多少钱？它们又能吃得了多少？"

倪匡说完，又回房找武士刀。

倪震落荒而逃。

天下最难过的事，莫过陪朋友上卡拉 OK。

我并不反对卡拉 OK，我只是极讨厌那些唱得难听的人。

有时也和美女同往卡拉 OK，一听到她们打开金口，杀鸡杀鸭，即刻倒胃口，从此老死不相往来。

二十多年前，当日本开始创造卡拉 OK 的时候，第一个反应便是由哪里产生这古怪名字？

友人解释："卡拉，汉字写为'空'，空手道的 Karate 也是用卡拉发音；OK，是把英文的管弦乐队 Orchesta，后半截省却掉了。"

起初只有几首流行乐曲的录音带，由喇叭箱播出，"空乐队"这个名字也的确切题。

当晚喝醉，和朋友大唱卡拉 OK，醒来之后，自己那把怪声犹然绕耳，马上发誓，从此再不扰人清梦。

返港，向朋友说："有一天，卡拉 OK 一定会在这里大行其道。"

周围的人都摇头："东洋鬼子脸皮厚，他们又有酒后高歌的习惯，所以日本流行。我们不同，我们怕丢脸，我们怕给人家笑话，怎可以当众现丑？而且，我们是一个把感情收藏起来的民族。卡拉 OK，在我们这里，难于立足。不相信的话，以后你就知道。"

过去的十年多，卡拉 OK 偶尔出现，但不成气候，我有点怀疑是否给友人言中。

但是，我的理论是：对，我们怕丢脸。不过卡拉 OK 的背后，是一种发泄的心理，也是一种最原始的自我表现方式，对于没有自信心的人，也许，这是唯一的方式。

卡拉 OK 的热潮，低沉了一阵子，跟着科技的发明，激光碟的生产，令卡拉 OK 有了画面之外，还在荧光幕出现歌词，人们不必一面看歌词一面唱，第二阵的卡拉 OK 热潮又出现。

这一回有如洪水猛兽，再也抵挡不住，东南亚的卡拉 OK 林立，现在连欧美也卷起了狂潮。

事情最怕没有人带头，唱得多难听已经不重要了，总之大家都唱，怕羞的人先躲在浴室中训练一下，发觉自己也有点天分，也就纷纷登场。

人一有钱，用什么方法去告诉人家呢？

先买个金劳，再去购入一辆奔驰。

所以这两种商品永远有市场。

如果你是一个平凡的人，歌唱得好，即刻能够表现自己。

卡拉 OK 和金劳、奔驰的存在，同一道理。

本来，唱唱歌，舒畅一下感情，是件好事。记不记得年轻时参加营火会，合唱一曲？

长途汽车旅行，唱歌更能解闷，由宾·克罗斯比、蓓提培芝、猫王、汤姆·琼斯、披头士、白潘、强尼·雷，一直唱到麦当娜、迈克尔·杰克逊，一唱数小时，目的地已到达。

曾经有过伴奏的三人乐队，一个弹吉他，一个吹喇叭，一个打鼓，这队人由一个酒吧唱到另一个酒吧，像吉卜赛人一样流浪，日本人称之为"流 Nagashi"。这种风俗后来也传到台湾，现在到北投旅馆去还有。他们也在扮演卡拉 OK 的角色。

卡拉 OK 的祖先，是黑白电影之前加插的三分钟短片，由桃丽丝·黛等人主唱什么《月夜湾上》的，银幕出现优美的画面，下边有句歌词：我们出航，月夜湾上，听到歌声，像是在说：你已经破碎了我的心……歌词上有个小乒乓球，唱到哪里跳到哪里，有时歌声拉长，乒乓小白球就在字句与字句之间，震震震，再跳到下句，戏院中观众随曲合唱，气氛融洽。

现在的卡拉 OK 不同，歌者抓紧麦，像怕被剥夺赢得新秀的机会，死也不肯放手。

起先还听别人唱几句，后来已经是你唱你的，我唱我的。人与人之间已经没有沟通，和在迪斯科跳舞一样，男女不再有任何接触，这是多么悲哀的事！

别小看卡拉 OK 的生意，要是你开一家一共有五十间房的，每间房的收入平均一小时算为五百块，加上十二小时的营业，五十乘五百乘十二。一共有三十万生意，一个月就是九百万了。

怪不得大家都去开卡拉 OK，连餐厅夜总会也来抢生意，在房间里面安装了种种日新月异的方便设备，任挑选喜欢唱的歌曲、舞女、侍应、Captain 都要会唱歌，好像麻将馆的打手，随时应战。

有些国家在公众场所已禁烟，香港的餐厅能得免，但也逃不过卡拉 OK，你不唱，隔壁唱，照样难听。韩国已经流行在的士中也装了卡拉 OK。卡拉 OK 的魔掌，无孔不入。

到时，殡仪馆也一定有卡拉 OK，人们守夜，大唱特唱，唱的是《明天会更好》。

唱得难听，死人再也忍耐不住，由棺材爬起，抢了麦克风，大唱《你知道我在等你吗？》。

袅袅的怀抱

袅袅，与你携手，望你缭绕上升，消之于无形，吸一口，经全身而喷出，此种享受，非爱烟者不能体会。

今天通过法案，禁烟区范围扩大，暂时不能在公众地方与你亲热，但在小书房中是我俩天地，愿你永远与我做伴。

自从在电视上看不见你，少了许多热闹气氛。好笑的是，爱你的人有增无减。吾等顺民，照样拥护，袅袅，不知道你看过自己的族谱吗？

早在公元前一千年，瓜拉马拉出土的陶瓶中，已画出一个吸着长条烟卷的人像。

当哥伦布发现美洲，看到土人的抽烟斗，惊讶得很。烟叶文化，早已存在，红番用来商谈，不再打仗了，大家坐下来抽口烟吧。一开始，你的个性就那么和平的。

所谓的文明人认识了你之后，即刻把你搬回老家种植，法国始于一五五六年、葡萄牙一五五八年、西班牙一五五九年；英国人最后，到一五六五年才学会培养。

跟着移民到美洲的人，把欧洲的新科技倒流，大量在弗吉尼亚、肯塔基、田纳西州等地方大量生产，弄到供过于求。

起初你的臣子都是用烟斗来抽烟，后来学会把一片质料最高最薄的烟叶来包裹，变成了雪茄，但只是高官贵人才抽得起的。

对不起得很，香烟的发明，却要靠一群乞丐。当年在西班牙的塞维亚穷人把雪茄头拾起来，用碎纸包来抽，流传到意大利、葡萄牙和俄国去。

英国人始终喜欢抽弗吉尼亚系统；美国人相反地渗入土耳其烟。从此，世界上也分成这两大派，前者的代表是三个五、牙力克、罗芙曼等；后者为好彩、骆驼、万宝路等。

从十二三岁开始，我们几个同学已经在学校的后山偷偷与你邂逅。

最先同学们抽的是领事牌的薄荷烟，绿色纸盒的十支装，我不喜欢弗吉尼亚系统的生涩味，常偷妈妈的好彩来抽，才过瘾。

如厕时吸一支，清除空气。越抽越多，晚上看《三国》、《水浒》时也要抽，才肯睡。

烟灰缸塞满烟头，将之藏在床底，温柔体贴的奶妈第二天将烟蒂倒个干净，再放回原位。从来没有出卖过我。

我们看黑白旧片，你已是明星，亨弗莱·鲍嘉烟不离嘴，偶尔，他连点两支，把一根递给女伴的朱唇。

贝蒂·戴维丝、钟·欧罗馥的抽烟姿态更是优美。有时刚强起来，一口烟喷在暴发户脸上，不屑地离去。

后来的彩色电影中，孤独的詹姆斯·迪恩有娜达妮·活耳边细语，却自愿吸烟。

我们还听到你的许多传说，如替人点烟的，绝对不连点三支，因为在远方的敌人狙击手，看第一点火举枪，第二点火来不及瞄准，第三点火必会击中的故事，所以点火只点两根烟的规则，遵守到现在。与你做伴，在当年，是自由的，是奔放的，是毫无挂虑的，是好玩的，是时尚的。

直到一九五〇年，你的厄运出现了，抽烟致癌已被证实，反对你的运动产生，商人们即刻制造出滤嘴香烟来挡灾，但是伤害已造成，这股热力将是越来越强。

今天的九十年代，当年的吸烟是摩登，现在禁烟变成时髦，大家像学穿迷你裙一样反抽烟，由美国的一群嫁不出去的八婆发起向你围剿。这里禁，那里禁，其他国家的八婆也跟风，她们裙带关系的那些吃软饭的男子也乖乖地听话，加入战圈。

国内航线不准抽，两小时以上的国外飞机也禁烟，发展到去澳洲的八个钟头夜航也要离开你。

但是请你放心，我会呼吁同好别忘记了你的两位姐妹：鼻烟和嚼烟。

那么花样多，那么精美的鼻烟壶，不是拿来当古董，是要实用的。

长途飞机上，禁烟场所中，闻鼻烟是个乐趣，抠出一小匙，搓一搓，吸入，一股透肺的清凉，那种滋味，唉，唉。原谅我花心。

我说过上等的鼻烟，绝不呛喉，无比的浓郁，久久不散。翌日起床，深深呼吸，又是一番回味。

优质鼻烟，数十年前已是比金子还贵，现在在嗻啰街也许可以找到少许，分量不多，多也不会吸穷的。

一般的鼻烟，在欧洲的各个大城市能购入，西班牙产的，质量较佳。

嚼烟好坏差距不大，烟草是还加了蜜糖、豆蔻、肉桂等等的香料，非常可口。最普通的是美国制造的，价钱相当便宜。

到外国，我一定准备鼻烟和嚼烟，他们禁他们的，与我无关。

还有一种一小包一小包的含烟，夹在牙齿和口腔之中，自然过瘾，这也是美国制的，棒球选手最爱用。

烟斗、雪茄、香烟、鼻烟、嚼烟、含烟，没有一样是对身体有益的。

但是，想起来，袅袅，你我相处数十年，何以忍心一旦相弃。

看见辛苦了一天的乡下人，晚上休息之前来一口竹筒水烟，是那么的欣慰！在城市森林的我，体力消耗不及他，工作上的压力，还不是一样？

抽烟致癌，没试过的年轻人我不鼓励他们去碰你。孤寂的长者，抽完烟后的安详，岂是别的东西能够代替？

记得有位智者说过："人生的乐趣，从一点点小的罪恶开始。"

袅袅，你是个坏女人，玩多了会伤身，我知道。但让我长远地依偎于你怀里，不愿醒。

致命的香水

　　很羡慕《闻香识女人》一片的男主角艾尔·帕西诺。女人身上搽的是什么香水，他一闻即出。当然，戏里他是位盲公，方有此才华，但现实生活中，可以养成分辨香水牌子的能力，也是一种乐趣。

　　这种功夫也不难上手，只要陪朋友去购物时走到卖香水的部门，喷喷各类样品，自然而然闻得出什么香水，是什么味道。

　　香水，可以卖得非常贵，女人多数希望是男友送上门。很可怜地，到头来还是自己买的居多。

　　或者，一生之中幸运一两樽吧，都袖珍得似玩具。其实香水的大小应该是 30ml（一点七盎司）为标准，要是男友送的小过它，那么这个抠门的男人，不要也罢。

　　最贵之一，算是 Jean Patou 出品的 Joy。30ml 一樽，定价四千六百八十大洋，主要贵在樽上，它是由名厂 Baccarat 制造。

其他牌子的香水，买了一樽之后可以加添 Refill，节省瓶子钱，但是 Jean Patou 不做这种生意，你不要 Baccarat 樽？那么还是要带你花钱买另一种豪华瓶，再赚你一次樽钱。

　　Joy 的味道也不是好到哪里去，像陈年香醇，似酒多过香水，可能是嗜酒如命的男人多，才那么值钱。

　　有时男人送来一瓶。哇！好大，至少有 100ml，真是阔佬。但香水也分 Eau De Parfum，Eau 是水的意思，名副其实的香水呀！ 不不不，真正的香水没有一个水 Eau 字，简简单单地叫 Parfum 罢了。Joy 的 Eau De Parfum 的 30ml 装，四百六十八元，只是香水的十分之一价钱，所以别高兴得太快。还有更贱的男人，送给你的虽然也是 Joy 的 30ml，但只是 Eau De Toilette。三百二十一块而已，同样叫 Eau 的水，此 Eau 尾巴加 Toilette，厕所的意思，香水也变臭了。

　　玛丽莲·梦露的睡衣 Chanel No.5 没有想象中那么贵，千多元便能买到。

　　Poison——"毒药"这个名字大胆得不得了，构思可能是受到敌对厂的伊夫·圣·罗兰新牌子"鸦片"（Opium）的刺激，才敢命名的。"Dune"（沙丘）的广告，拍女人睫毛的大特写，故意制造成生殖器的印象，也属于大胆和创新的，可惜这一群后来的香水都缺乏个性，还是最原始的 Chanel No.5 最为特别，一次闻过，毕生难忘。

　　出品"午夜飞行"的 Guerlain 厂自古以来都带着烂漫的色彩。

传说中，在飞机还是雏形的时候，晚上是不飞的，但一位机师冒着生命的危险，漏夜赶着为爱人送上一瓶香水，故以此为名。

Guerlain 的另一产品"蝴蝶夫人"（Mitsouko）也有东方的神秘，至今还在欧美十分流行。它新出的 Samsara、Shalimar、Chamade等等，味道都比"午夜飞行"和"蝴蝶夫人"好得多。但生意不佳，可见得香水的命名，是那么的重要。

Nina Ricci 想不到什么好名字，它的香水干脆叫做 Nina，亦是异常的清香。

名首饰店也纷纷制造香水，"卡地亚"的贵重金属是诱人的，尤其是温莎公爵夫人的那几件，但它的香水味道，唉，别谈了。

香水市场也不一定完全给法国人占去，"资生堂"出品的"禅"（Zen），高贵幽雅。美国人比较粗鲁，要出就出得比别人浓郁，所以"露华浓"最原始的几只香水，香得令人窒息。

美国 Ultima II 化妆品公司出品的香水，以 Bill Blass 为招标，怎么可能好呢？就算它有多香，和一个"比尔"的名字关联起来，变成西部牛仔的主角，什么梦都给杀了。

也不能一直欺负美国人，好歹他们也有了二百多年历史，养成一点点的文化，Estée Launder 出的 Alliage，味道还算是过得去的。

非名牌的香水也有一流的品位，Jean Desprez 的 Bal A Versailles 就是例子。喜欢玫瑰清香的人，介绍你一种叫 One Perfect Rose 的古龙水，但不便宜，50ml 要卖到六百八十大洋。

基本的，便宜的 4711 古龙水，也已足够。甚至双妹唛花露水，讨人欢喜。不知道是不是心中作祟，新包装之后，没有童年回忆中那么美好。

总之，香水像女人一样，有个性的总比没有个性的好。伊夫·圣·洛朗的"鸦片"虽然比较畅销，但是它的"巴黎"是最突出的，闻不惯的人最初是难于接受。

更特别的是一种生产于太平洋波尼西亚群岛的无名香水，从前有个法国女友专喜欢搽它，其能杀死人。

天下最好的香水，应该是眼中西施用的任何一种牌子。至于最致命的，是当了三年兵之后，遇见的老母猪身上那免费狐臭吧。

男人味

男人一搽香水，便留给人一个娘娘腔的感觉，所以他们永远不会承认，只是说："啊，那是洗头水的味道。"

大家都洗头，为什么又没那么香，男人又说："啊，那是须后水。"

还是德国人老实，早在二百年前的一七九二年，他们便自认搽香水，发明了古龙水，最出名的是4711。4711只是一股清香，并不像女人香水那么浓郁，坏在洒上大半瓶，味道一下子便消失，搽了等于没搽。

随着社会的繁荣，以及女人香水市场的饱和，商人拼命向雄性动物打主意，开发了庞大的男人古龙水生意，每年的销路，是个天文数字。

今天，男人的脸皮越来越厚，也不介意别人怎么说他，一味大搽古龙水。而且男人不断地要求把香味加浓，本来一瓶古龙水有百分之三的香油精，已加到百分之十了。

味道最强烈，也最受欧美人士欢迎的应该是 Aramis。有一次在飞机上遇到一个穿西装的黑人，他洒的只有百分之十香精的 Aramis，怎么样也抵不过身体发出的百分之百的狐臭，这种混合了的毒气，比任何污厕还要强烈一万倍。

女人身上便闻不到，因为她们有香水。男人至今还没机会搽上正式的香水，在男士古龙水中从前没有强调"最贵"，如女人的 Joy，真是可怜。

当然还是有很多人讨厌男人搽古龙水，但是如果你体验过大陆名胜中的人群汗臭，你会宁愿男人都搽香水。

好了，现在我们男人开始买古龙水吧。挑选哪一种最好呢？

世界上有成千上万的古龙水牌子，但香港系统逃不过香味四大家庭：Citrus 橘子香：含有柠檬、柑、橙花等混合的味道；Chypre 素心兰：其实和素心兰花无关，含有橘子香、橡苔之混合味道；Fougere 馥奇，只是个读音译名：含有薰衣草、橡苔及藿香的混合味道；Oriental 东方香型：含有香草、琥珀的混合味道。

在欧美卖得最多的二十种名牌之中，素心兰系统占得最多，有八个牌子：Estée Lauder 公司的 Aramis、Halston 公司的 Halston Z-14、Hugo Boss 的 Hugo、YSL 的 Jazz、Christian Dior 的 Fahrenheit、Estée Lauder 的 New West、Ralph Lauren 的 Safari For Men，以及 Calvin Klein 的 Escape For Men。

第二位是馥奇家庭，有六种：Rabanne 的 Daco Rabanne、Ralph

Lauren 的 Polo、Loris Azzaro 的 Azzaro For Men、Guy Laroche 的 Drakkar Noir、Davidoff 的 Cool Water、Calvin Klein 出品的 Eternity For Men。

第三和第四是，橘子香家庭：Christain Dior 生产的 Eau Sauvage、Aemani 的 Armani For Men、Lacoste 的 Lacoste。东方香型家庭：Chanel 的 Egoiste、Calvin Klein 的 Obsession For Men，最后是 Paloma Dicasso 的 Minotaure。

美国文化传统敌不过欧洲，美国人对香味的要求并不考究，而且是广告之宣传力量下的产品，所以首先可以把美国厂的古龙水由上述的名单上删除。

德国时装公司的西装，永不及法国的设计和意大利的手工，所生产的香水好极有限，也可以不用考虑。Davidoff 的雪茄和白兰地皆有水平，副产品的古龙水不会差到哪里去。

毕加索的女儿设计的 Swatch 手表被抬举得价钱甚高，但在国际服装和化妆品上还未奠定她的地位，所出的古龙水是好是坏，你也应该知道。

Paco Rabanne 虽然历史不久，但是古龙水却有一股不腻的幽香。

运动家型的男子，Polo 较适合吧，传统一点的用 Fahreheit 不错。爱罗曼蒂克气氛的，可用 Jazz，至于高尚男士，多骄傲，用衬名字的"自恋狂 Egoiste"好了。

除了人造的香味之外，男人本身是否真正有男人味呢？当然有啦，我们身上发出的味道，就是男人味，最原始时用来挑逗女人的性欲，哪怕是汗味或者是狐臭，各花入各眼。我们的臭味，对喜欢我们的女人，都变得难忘。也许，有一天我们被外星人抓去，拼命地抽出我们的狐臭，就像人类采取鲸鱼精子和麝香当香剂一样。

说正经的，狐臭太过怪异，有一种叫 Byly 的西班牙药膏，可以让狐臭发酵成酒精蒸发掉，很有效用，可惜最近已不进口。总之，男人只要多洗澡，便有一股自然的香味。

至于真正的男人味，是抽象的。

男人在思考的时候，在做决定的时候，在创作的时候，在发命令的时候，都有男人味。对身边人类起不了作用的男人，就算浸在一缸古龙水中，闻起来，像杀虫水居多。

黑色颂

我深深地爱着黑色。

宣纸上的墨、碟中的酱油、女人头上的乌丝、由窗口看出去的夜晚，数之不尽的美。

黑，是天下最好看的颜色。古人所称"火所熏之色"，很多人理所当然地接受了她，看见了也等于看不到，但是你知道不知道，黑，是物体完全吸收了日光或灯光的光线所呈现的颜色呢？

《康熙字典》中不常用的黑字旁字，一共有一百四十九个字，但是她拥有自己的部首，不是查里部，或"灬"部的。

俗气的黄金，配上黑色，显得高贵。家中有尊黑漆漆的铜制佛像，贴上一两片金箔，那种幽雅，非笔墨能形容。

过艳的红色，配上黑色，融合相衬。黑色西装结一条大红领带，多么地抢眼！

平凡的白色，配上黑色，印象深刻。黑白照片留下的回忆，谁能忘记?

黑洞的神秘，是那么多科幻小说的题材。

黑板上的粉笔字，大家都经历过，貌美的教师，如今是否已变为老妇?

黑人美女，皮肤细嫩，体中发出幽香，岂非人知?

黄种白种美人脸上的黑痣，更不是那么容易忘情。

当然，美好的东西，总有丑恶的一面。

黑心，虽然没有实物存在，但是那种无形的可怕，令人惊震。

黑死病在中古小说中经常出现，是十字军东征的时候吧，与我们已无关，记得清楚的是《死在威尼斯》里男主角脸上的乌汗。

黑帖是无名的胆小匪类发出的函件，名字也不敢签上，不为人齿。

黑道人物是可怜的，这是他们无法之中求生的途径，跟着文明社会存在。他们所说的叫黑话，他们拥有的叫黑物，他们洗的是黑钱，他们经营的是黑市。其实，与黑色本身是无关的。

比较滑稽的是黑店，在《水浒》中出现了多次，经常是在吃肉包时吐出人的指头。

黑色幽默深得人心，紧张刺激肉感，百听不厌。

黑海在俄罗斯、保加利亚、土耳其、罗马尼亚之中，它流入大西洋、爱琴海、地中海，面积加起来占世界上海洋的一半以上。

黑寡妇是只蜘蛛，和伴侣做完爱才吃他，雄性被吃时连身体也僵硬，逃不过她的魔掌。

黑珍珠也是可爱的、高价的。

黑森林是多瑙河的发源地，许多华尔兹舞曲都在此诞生。也有蛋糕叫黑森林，并不好吃。

黑猫在西洋人眼中是不祥的，但是她的行动高贵典雅，眼珠中发出的深蓝，摄人心魂。

黑灯瞎火，是讲黑暗没有灯光的情景，也说成黑灯瞎火，这大多数是北方人的用语。北方人形容黑，还有黑洞洞、黑糊糊、黑忽忽、黑乎乎、黑黢黢、黑魆魆、黑压压、黑油油、黑黝黝……

总之，是黑咕隆咚。

许多见不得光的行为是在黑暗下进行的，但并非一定不美好。喜欢在黑暗中做爱的女人，多数是身体或面部有缺点。

黑色的回忆，有童年时被父母喝骂还不睡觉，躲在被窝中照电筒看书。

被窝里，还有和邻居小女孩混在一块嬉戏的回忆片段。

黑暗中看电影，是一生最多最美好的经验，初吻也在戏院中进行，略为成长，后座中与女友抚抚摸摸，至今印象犹新。

电视、录像带、光碟是黑暗的克星，它破坏了神秘感，也毁掉了许多的乐趣。

黑暗的海洋，最诱人！

你有没有试过在热带的海中深夜裸泳？荧光细磷贴在身体上，划水的时候更是闪闪发光，人体比美人鱼还要漂亮。

夏天夜晚抓萤火虫，有如置身于宇宙，天上的星星在你身边飘流。

阴阳是相反的，黑暗比光明还要好看，不然为什么阴字行头，而非阳呢？

白天的黑色也是美的，冬日的回阳，西方人所谓的印第安夏天，影子长长地照在大地上，陪伴着我散步。

我喜欢黑色，要是有可能，我会把家中所有的东西都以黑色衬配，连内衣底裤，都要黑色。

黑色天鹅绒上的女性，更是显得雪白。

对，黑色也代表了死亡，许多人讨厌黑色，主要是这个原因，但是生老病死是自然的现象，为何不正视，而要逃避呢？经过这种黑思想中的注释，黑色不过是一种形象罢了，怎么不能有所偏爱。

黑色万岁。

黑领带

我以为黑领带只是在香港难买，来到欧洲，才知道这里的店铺也不容易找到。

愚蠢的商人，认为黑领带限于丧礼，为不吉祥之物，岂知这件装饰是最大方和最能配衬任何颜色恤衫的。

要挑选一条气质高的黑领带也很难，没有比人造纤维的更丑。夏天用的最好是麻，秋天用真丝，冬天用绒，春天用棉。

黑领带亦怕有暗里。有些一看还好，细观下才知道细纹很小家子气，若要有暗里，那条纹选粗犷的才不会俗气。

与熟朋友在一起，着灰西装、蓝衬衫，打黑领带，朋友直称好看。不过，与长辈或初识者见面，打起黑领带来还是有点避忌。这时最好是穿件红色的恤衫，或者打一条一面如孔雀的七彩，一面是黑的领带，领带结打得斜一点，让内面那边翻开。

黑领带是有信心的人打的。

黑领带是稳重的。

黑领带万岁。

领带

　　西装中的领带，和袖口的三粒纽扣一样，一点用处也没有。

　　领带不可以当餐巾擦嘴，绑往颈项，唯一实际用途，是给八婆们拖着走罢了。

　　选择、购买、配色的过程，倒是乐趣无穷的。

　　西装已被全世界接受为男士的基本服装，领带是必需品，买了一套西装，选一条领带的观念，已经落伍。看中了领带，再衬西装才对。

　　走进领带商店，数百条数千条，看得眼花缭乱，但是应该挑选的，是第一次进入你眼中的那一条，要令你慢慢地考虑，还是不买为佳，购入后也不会喜欢的。

　　穿净色的西装，适合配一条色彩缤纷的领带；反之，有条纹的外套，就衬单调的领带，这是第一个原则。

　　什么领带才是最好的领带？

首先，一制数千条，同样花款的领带，绝对要避免；第二，质地不能太差。

上等领带并不一定是名牌货，但是与其买条便宜的，不如投资在贵一点的。高价领带多数用人工挑线，绑了又绑，一挂起来还是笔挺，和新的一样，一用十多年。

便宜领带结了一次，皱纹迟迟不退，用过数次，已经像条隔夜油炸鬼，到后来，丢掉的领带加起来的钱，比一条好领带还贵。

名牌领带有它的好处，Mila Schon，质量最高，尤其是它的双面领带，用上一生一世，永不旧废。旅行的时候，带上两三条，便可以当六条来用，但是价钱也要双倍之多。可能是太过耐用，近来已经不常见，同厂出品领带，特色是它的边，不管多花里胡哨，边总是净色，这个构思由双面领带创造，双面领带因不能折叠，所以只有用暗线内缝，有条隐藏着的边。有边的 Mila Schon 领带，价钱比一般的贵，但质地水平降落，已不堪结了。

Dunhill 的西装值得穿，可是它出产的领带设计保守不算，料子用得太厚，不是上品。Lanvin 也有同样毛病，花样倒是活泼了许多。其他名牌如 Channel、YSL、Nina Ricci、Celine 等等，偶有佳作，平均起来，皆水平不高。

最鲜艳、最醒目的是 Leonard 领带，它有一系列的花卉设计，带点东方色彩，给人留下一个深刻的印象，价钱不菲，但是这种领带只能结一次，第二回就有似曾相识的感觉，料子多好，也没有用了。

也有人喜欢结领花而不爱打领带，但是领花总带给人一种轻浮、好大喜功的感觉。有位出版界的朋友就一直打领花，而且是用领夹的那种，看得极不舒服。

领花只适合在穿"踢死兔"晚礼服时打，但是不宜太小，领花一小，人就显得小里小气。

领带针曾经流行过一阵子，现在已经少有用这种小装饰，偶尔用之还是新鲜，但是横横地来一条金属领带夹，就俗气得很，高贵的有种珍珠针，扣在后面，领带前两颗简简单单的珠，蛮好看的。

和西装的领子一样，领带的大小最好不要跟流行，关刀一般的领子和领带，一下子就消失，细得像条绳子的也只在六十年代中出现过一阵子。适中的领带，永远存在下去，只要有西装的一天。

男人的品位，从一条领带便能看出，当然这不是价钱问题，非名牌的领带，质地好的也很多。基本上，不要太过和西装撞色就是了，没什么大道理，但连这种小节也不注意，穿牛仔裤去好了，别装蒜。

要预防结大青大绿领带的男人，这种人俗气不算，还很阴险。

买领带也不全是男人的专利，女人买领带送男人，也是种学问。通常看男友喜欢穿什么颜色的西装，就买条颜色相近的送给他好了，要是他喜欢你，皱得像条咸鱼也照打，不然 Mila Schon 看起来也讨厌。

最高境界是当年上海的舞女，她们会叫火山孝子为她们做旗袍，冤大头以为旗袍算得了几个钱，一口答应。哪知一看账单，即刻晕掉，原来她们做的旗袍虽然只是普通的黑色绸缎，不过一做就是同样三件的早、中、晚穿，绣的是几朵玫瑰，早上花蕊含苞，中午略露花朵，到了晚上的那件，花卉怒放。

男人正要抗议之前，舞女说还有件小礼物送给你，打开小包裹一看，原来是三条同样黑色绸缎的领带，绣着早、中、晚三款相同的玫瑰的花朵，用来陪着她上街结的。火山孝子服服帖帖地把钱照付，完全地投降。

挑选领带还带有一个定律，那就是夏天要轻薄活泼的，冬天不妨厚一点，沉着一点，棉质和毛织的都能派上用场。一反此定律，不但不美观，还热个半死。

厚料子的领带，不宜打繁复的"Windsor 结"，它要三穿一缚才能打成，一打 Windsor 结，结部便像个小笼包，只能打简便的"美国结"，话说回来，Windsor 结打起来是个真正的三角形，实在好看，但是现在的人，已经没有多少人会打。

当然，穿惯牛仔裤的，连美国结也不会打的也不少，只有求助于旁人。也有人只会替别人打领带，自己不会打。这种人，多数在殡仪馆工作。

恤衫的烦恼

与乐趣

衬衫，又叫恤衫，样子很端庄；领子、袖口、中间整齐的一排纽扣，最滑稽的是在不穿裤子的时候看上去，前面两片翼，后面圆圆的一大块废布，样子古怪得很。

当然也不能全说是没有作用，它是做来防止恤衫由裤子里拉出来。可是老人家不懂这个道理，所以看粤语残片的时候，就有母亲用剪刀剪下来当手帕的场面出现，现在想起来真好笑。

六十年代的民生穷困时期，恤衫料子真差，领子和袖口永远皱皱的，怎么烫也烫不直。当年要是拥有一件"雅路恤"（Arrow），已经当宝了。

不过外来货的恤衫不是领子太大就是袖口太长，要买到一件合身的可真不容易，胖子、矮子更不必梦想。

大家唯有定做恤衫了。那时候手工便宜，定做就定做，没什么了不起。现在呀，连工带料，做一件不上千不算上等货，订制恤衫，已是种奢侈了。

目前现买的又便宜又好，一件七八十块的可穿两三年不坏，同样的恤衫，在口袋边绣上个名牌的假货，就要卖一百二十。

一百二十的也不一定是假，同样料子，同样手工，外国名牌在香港大量生产，拿到外国去，就要卖一千多块，贵个十倍。

名牌的追求，由上述的"雅路恤"开始，进步一点，就是"曼哈顿"了。

但是时装方面美国人总打不过欧洲。生活水平一提高，人们都争买"皮尔·卡丹"。

"卡丹"这个厂本来蛮吃得开，后来什么东西都出，连香槟也安上这个名牌。货品大受欢迎之后，开始在大陆大量生产，便不值钱了。

目前所有名牌都出恤衫，"仙奴"、"丽娜·李奇"、"路易·左丹"、"Polo"等等等等，数之不清，但是并不是每家名牌的贵恤衫都好穿，像"登喜路"，他们的西装虽然做得很好，恤衫就一塌糊涂，领子、袖口洗后变形，又回到皱皱的时代，刚刚学穿的那一件的样子。

自古以来，恤衫的变化并不大，最多是领子，长的、短的、纽扣的。

有一阵子，为了防止领子皱，还在领尖里面插了两支塑料片儿，相信还有些读者记得。

考究的时候，领尖各有一个小洞，可用一管金属的领口针穿起来，但是这种设计现代人嫌麻烦，已经被淘汰。

配"踢死兔"的恤衫最为挑剔，领子是尖尖地翘着。

"到底领花是应该结在领尖的前面，或是后面呢？"这是一个大家都在讨论的问题。

八卦周刊常刊登什么 Ball 中的什么什么所谓的公子穿着"踢死兔"，有的把领花将领尖压得扁扁地结在前面，有的把领尖弄成两个三角形遮住领花，谁对谁错？

都错。

领花应该独立地结着，而领尖应该略略弯弯地翘在领花的前面。这个弯，大有学问，弯得不好，便是一片三角贴在颈项上，所以要完美地弄一个角度，须用一块薄如刀片的小熨斗，烘热了以后慢慢地把领子烫成一个理想的角度，才合标准。

纽扣当然不能用普通的，金属和钻石的纽扣太过俗气，金属底、黑石面的较佳，有套古董"登喜路"的纽扣，袖纽是两个袖珍的表，还算过得去。

恤衫的料子也占重要位置。

最普通是棉制的，本来不错，但不及丝那么轻柔地抚摸着你的肌肤。

丝制恤衫很贵，也很难烫得直，混合丝比较容易处理，但已廉价得多。

最高境界是穿麻。中国人以为戴孝才着麻，西方人才比较会欣赏。没有一种料子比麻的感觉更好、更舒服，一旦学会穿麻的恤衫，就上瘾，其他料子都不肯穿了。

麻易皱，可买同样大小颜色两件，上午和下午换来穿，才算得上考究。

至于"的确良"，唉，别提了，一流汗便像膏药一样地贴住身体。混合了腋下狐臭，哎呀呀，我的妈，三尺之内，熏昏死人。

话说回来，什么恤衫都好，二三十块一件，穿在有自信心的人的身上，和三四千一件的没有什么不同。

天下最好的恤衫，是一件干净和挺直的恤衫。

有颜色的恤衫要和西装及领带衬色才行，不然干脆穿白恤衫。

白恤衫最大的敌人是女人的口红。

请别尝试用牙刷涂牙膏去刷，绝对无效。

唯一办法是挨到天亮铺子开后买一件新的同牌货更换，恤衫领子上的口红，是永远永远洗不掉的。

也许可以将恐惧化为生财之道，设计一件印有女人口红的恤衫，赚个满钵，一乐也。

荒唐裤

小时候穿开裆裤，随时就地解决，快活逍遥。唯一缺点是给蚊子叮，还有鹅子鸭子看见了也不放过，追上来当虫啄，简直是噩梦。

到幼儿园便得穿短裤子。母亲还是不肯给你做条底裤，蹲下来由裤裆露出一小截，不太文雅，但是又何必在乎？

第一次穿底裤便以为自己已经是大人，骄傲得很。最初的底裤是件平角裤，穿了起来，小弟弟不知道应该放在左边，或是右边，迷惑了好一阵子。

开始有紧束的冒牌Jockey三角裤时，已知道梦遗是怎么一回事儿，朋友叫它"画地图"。小伙子精力充沛，画起来是五大洲，但觉难为情，半夜起身，把弄湿的底裤掷在床底下，继续糊里糊涂睡去。

第二天醒来，记起窘事，想偷偷地拿去洗。一看，哎呀呀！惹了一群蚂蚁。他妈的，大胆狂徒，竟然前来吃我子孙，立刻捕杀。

念到初中，学校里的制服难看死了，逃学到戏院之前，先进洗手间换条新款长裤，看电影时更当自己是男主角，不可一世。

当年穿的是模仿猫王的窄筒裤，买的都不合身，多数嫌太宽，只有求助裁缝师傅，指定要包着大腿，一英寸也不多不少，穿了上来也不怎样像猫王，至少裤裆中那团东西没人家那么大。

料子是原子丝的确良，拍起照片来亮晶晶反射，下半身像外星人。

原先在裤裆外有四颗纽扣，后来改为拉链，刚穿时不习惯，小解后大力一拉，夹住了几根毛，或者顶尖上的一小块皮，痛得涕泪直流，大喊妈妈。

跟着讲究叠纹。老古董裤子一共有四条折，叠纹是向内折的。新款一点的向外折，而且已经改为两条叠纹。最流行的还是学美军制服的，一条叠纹都不用。左边的裤耳下有个小袋子，已经不是用来装袋表，学会交女朋友之后，袋中可装另外一个橡皮袋，真是实用。

皮带渐渐地消失，用的人很少，但裤子照样有五个裤襻，不穿皮带时露在外面，一点用处也没有。裤扣多出一条长布条，穿皮带时盖住，也一点用处也没有。

裤脚是折上的，经常有砂石掉到里面去，有时不见了一个五毛硬币，也偶然在折叠处找得回来。人们嫌麻烦，裁缝师大刀一剪，裤脚平了。以为追得上时代，哪知古董时装杂志上早就有平裤脚出现过。

喇叭裤是七十年代的宠物，裤脚越来越阔。但是名牌货给某些人糟蹋掉，穿上之后觉得太长，喇叭裤子的裤脚被剪，变成不喇叭。

裤脚变本加厉地阔，阔到盖住鞋子，配合上四英寸的高跟鞋，矮子们有福了，可惜这款的裤子只流行一两年，又被打回原形。

最不跟时代改变的只有牛仔裤。大家都穿牛仔裤，穿到现在还是乐此不疲。但是牛仔裤不是人人穿得，要有一点点的屁股才行，梁家辉穿起来好看，其他平屁股的男人穿了就不像样。

牛仔裤最好配衬皮靴，像詹姆斯·迪恩穿的那种，帅得不得了，试想穿上普通皮鞋或是运动鞋，翘起脚来露出一截白袜子，是多么杀风景的事。

你一条我一条的牛仔裤，大家一样，就成为了制服。人们求变，在牛仔裤上绣起花来，又钉上亮晶晶的铁片，或者贴上一块黄颜色的圆皮，画着一个笑嘻嘻的漫画。有些人更把裤脚撕成线，走起路来有一团东西在跳草裙舞。

这一个时期，香港人钱赚得最多。全球百分之六十的牛仔裤都是 Made In Hong Kong。

法国人、意大利人看得眼红。生意都被你们这些细眼睛的黄种人抢光，那还得了！他们绞尽脑汁，结果给他们想通了，利用雅皮士爱名牌的心理，他们生产了皮尔·卡丹牛仔裤、仙奴牛仔裤、迪奥牛仔裤。

香港怎么办？也大不了什么，名牌货还不是照样在香港大量生产？而且香港人照样做名牌，赚个满钵。

时装的变迁永远是循环、可笑的。

有一阵子又流行回四条向内折叠的裤子了，正当群众花大笔钱去买名牌时，你大可以到国货公司去找旧货，包管老土创时髦，而且价钱只有十分之一。

世纪末的今天，时装已越来越大胆了。你没看到报纸和杂志上经常刊登露出两颗乳房的设计吗？

女人暴露过后，男人跟着暴露，也许有这么一天，男人流行回穿开裆裤。这也好，女人一目了然地审定对方的条件，不必太花时间。

在这一天还没有到达之前，男子裤子一定会流行拿破仑式的窄裤子。大家都像舞台上的芭蕾舞男演员。

这时候，女性垫肩的潮流刚刚完毕，大家都把那两块树胶肩丢在地上，男人偷偷地把它们捡起来，塞在大腿之间，要不然，谁敢上街？

睡衣

男人穿睡衣的时候，应该是最不好看的时候。

睡衣永远是两件，永远不是太宽就是太窄。有些净色的，有些条纹的，还有一个口袋，绣上龙凤之类的图案，几十年来，它的形状不改。

为什么要穿睡衣，答案是穿惯了，不穿会着凉，不穿便睡不着。这是什么话？一切都只不过是习惯，被习惯套死在其中，不肯跳出来罢了。

睡衣给人的形象是极为恶劣的，到医院去，入眼的就是睡衣、睡衣，好像穿了它就很不健康。还有集中营里的犹太人呢，多惨不忍睹！除了睡衣，另有一个可怜的睡帽。

睡衣难看，睡衣里面的男人也不美。

肌肉已松弛，大着肚皮。女人只好忍着不骂出口，久而久之，也不觉得了，她们已经习惯了那个鼾声，她们已经习惯了那件条纹的睡衣。

　　这就是爱吧，我想。

婚姻状况

任职移民局的友人告诉我一些他们遇到的趣事：

申请护照时，必须填入的一行特征和婚姻状况。前者是指脸上与常人不同的特征，如左颊有颗痣、缺了上唇、双眉连锁等等，但是填报者不明白这道理，故填入的有：左右边乳房大小不同、球状生殖器官，一颗在上一颗在下等。

更有人将这一项推展到精神方面，填入健谈、个性柔顺、好酒、暴躁甚至说自己性能力特强。

肉体方面填入：四肢发达、头脑简单；或是说自己双腿瘦小；或是说自己胸部特大等。更有糊涂虫写上生了香港脚。

婚姻状况应填的只有：未婚、已婚、离婚、守寡四项。但是有人就长篇大论地真实叙述，如：与女友同居，是否要结婚正在考虑中；与丈夫分居，目前在物色新男朋友等。

老处女说：不相信独身主义，你有没有兴趣？

老处男说：在求偶，只要是穿裙子的人，都可考虑。

已婚男人说：有情妇多名，最近对男人也感到有吸引力。

已婚女人说：丈夫无能，所以，想到意大利去旅行。

守寡男人说：等了很久，好歹才死去一个，哪敢再娶？

守寡女人说：久未尝此味，两腿之间，已长蜘蛛网。

婚姻本来就是前人制造出来的一种观念，是否合适你我，见仁见智。它应该跟时代而消逝。

在一百年前，娶四个老婆是代表成功人士。现在的名人，表面上是遵守结婚规则，暗地里有几个男人或女人也不出奇，和一百年前不是一样吗？

有人建议：中年男人娶一个年轻女人，他能够把最好的东西传给她，等到这女人变成中年，丈夫死去，再嫁年轻人，把丰富的经验教授，一方面对性又有满足，一直那么循环下去，这就是最佳婚姻状况。

化妆

"男人真好。"女人说。

"为什么？"

"男人不用化妆。"女人回答。

这句话，听起来，好像是因为女人比男人丑，所以要化妆。

男人也化妆起来了。最近去东京，看到百货公司里出售男性用的口红、眉笔和粉底。

"以后，女人也会上当了。"女售货员说。

听了差点喷饭，原来女人化妆，是要骗男人的。

男人开始化妆，会不会是他们长得越来越丑呢？我在想。

但是，男人现在才化妆，女人早在几千年前已经打扮，那不是她们更丑？

这都是在说笑话。化妆只是种流行，和服装一样，日本男人化妆并不稀奇。

几世纪前，欧洲男人已经是又涂脸又戴假发又点痣。

　　爱美是女人的天性，再好看的女人也要化妆。

　　记得摄影师要求一个女明星说："我想拍你本来的面目，请你不要化妆。"

　　女明星回答："化了妆，才是女人本来的面目。"

女人心

有些女人嘴上讲得漂亮，说什么男人在外边逢场作戏也不在乎，只要不要给她们看到的话。

但是，每一个女人的嫉妒心都是极强，就算她们以为她们可以不怪自己的伴侣，也要另外一个女人的命。失去男人不要紧，丢了脸可是天大的一回事。

渐渐地，她们开始注意夜归的男人的白衬衫上有没有口红印。找到了不得了，找不到又不甘心。

最可怕的是她们的幻想力，把丈夫们当是配种的猪。一个朋友由公司开会后回家，给他太太劈头一问："你到底是不是和那女人在汽车里搞过？"

有时，在男人的外套上发现了几根头发，便大兴问罪，又哭又闹又上吊地吵了一番后才被指出是她自己的廉价大衣脱了毛。

同一个女人每晚还有在她丈夫大衣上找头发的习惯，最后实在找不到，她大嚷："你竟然连秃头的女人也要了！"

吾愛夢工場 之序

最 大 的 谎 话

男人卑鄙起来，什么事都做得出。

讨起女人欢心，什么话都讲得出。

我爱你，没有你我活不下去等等。

哪里听过一个人没有了另一个人，会有活不下去的事情？相思病，只有在小说和电影里出现。真的爱得要生要死吗？到头来，分开之后，还不是好好地活着？发神经病的也有，但为数极少，不成比例。

外国男人更无耻，把身边女人叫为打铃、蜜糖、甜心、亲爱的，但是结婚几十年后，哪来此等称呼？叫母狗也算是有良心。

中国男人还学他们。最近在新加坡遇上几对夫妇，照鬼佬一般叫亲爱的来、亲爱的去，听得我毛骨悚然。

"你爱我有多深，你爱我有几分？"女人问。

男人回答："我爱你到海枯石烂，我爱你一百分。"

海枯石烂？有没有搞错？海哪里会枯，石哪里会烂。根本没有科学证据。这是古人用来骗饭吃的，现在人才不相信。到底，从前的人，比较单纯。

一百分？爱情岂可用分数来计。分数只是一个观念，满分是十的话，一百分何从来？若以十做标准，几年下来，剩下的大概只有零点零零几。

男人哄女人，主要的是要她们上床。方法不下数千万种，任何事都能答应。

有一个笑话说：一个阿拉伯酋长，遇上一美女，想和她做爱，只要她提出的条件，都能做到。

美女说："我要天下最大的钻石。"

酋长回答："我买。"

美女说："我要天下最大的皇宫。"

酋长回答："我建。"

美女心动，酋长脱了裤子。

看到他那活儿，美女大叫："不行，太长了。"

酋长懒洋洋地："我剪。"

你说男人卑鄙不卑鄙？但是物质的引诱还是低招，利用同情心是男人的武器。

"我的老婆不了解我！"这是男人惯用的。

但是已经慢慢地进步，发展成男人想出落寞状，独自上卡拉OK，向女友说："她不喜欢唱歌。"

或者，男人，不分昼夜地工作，女的要他多休息，男人说："我只有把精神寄托在事业上。"

　　老婆不了解他？当初娶来干什么？玩泥沙呀？

　　只有你能了解？等他和你好了之后，他又会说你不了解他了。

　　为了欲望，男人连丑女也骗："你真聪明。"

　　这一招很厉害，男人绝对不针对容貌，他还会说："你的皮肤很滑。"

　　不然，他就轻描淡写地说："这种发型很适合你。"

　　最笨拙的赞美，女人也逃不过。男人说："你做事很勤力。"

　　刚出道时，男孩追女孩，先从扮成无知开始："你的笔记借给我抄抄好吗？"

　　渐渐地，男的越来越有信心："让我看看，我只要看看罢了。"

　　于是看了左边又看右边，最后下面也看了。

　　"我的爱，是柏拉图式的，完全是精神上的，不存一点欲念。"男人宣言。

　　相信他才有鬼。

　　男人的柏拉图，是用手拉的拉，拉拉扯扯地，就把你的衣服脱掉了。

　　"不行，你骗人！"女人说。

　　男人马上翘起三根手指，做发童子军誓状。女人很吃这一套。

　　那么老了还学人家做童子军，真不要脸。

　　如果童子军这一招不能说服对方，男人便发更深的毒誓："若有谎言，愿被雷劈！"

天下间死法多得很，给雷劈死，或然率比中六合彩更低。三岁小孩子也不相信的事，女人竟然吞了下去。

"我跟她只是敷衍，对你才是真心的。"这个诺言可以在不同的时间，向两个女人说，包管一箭双雕。

其实男人骗女人，一个要打，一个愿挨，没什么大道理可说。

有时谎言带来无限的欢乐，又能消除不尽的寂寞，为什么不骗骗人呢？你没听过"美丽的谎言"这句话吗？

聪明的女人，明明知道你在撒谎，听了后从心中高兴。装装傻，何乐不为？

问题是在受骗后还要死缠烂打，所以男人只有继续把大话讲下去。

打死不认，为无上的谎方，男人被老婆捉奸在床，忽然一脚将身边的裸女踢开，大喊："这个疯婆是谁？这个疯婆是谁？"

但是天下最大最大的谎言，莫过于男人对女人说："我只放进去一点点罢了。"

你
在
哪
里
？

"你在哪里？"根据一项调查，夫妇对白之中，老婆问丈夫最多的，是这句话。

恋爱之中，男人的回答是："我希望在你身边。"但是专家指出，一对夫妇的热恋，有个三四年，已很幸福。家用的压迫、子女的负担之下，爱情渐淡，"你在哪里"变成了管束。令男人喘不过气来。

没趣的男人，很快地衰老；一个长不大的孩子，才是好男人，女人永远不明白这一点，除了二奶。

大人也需要玩具：从汽车、音响的奢侈，到养鱼、种花的淳朴，都令他们着迷。二奶也是玩具之一。

女人即刻说："算了，节省一点，供多一层楼再去玩那些无聊的东西！"

烛光晚餐，大婆最先反对叫那瓶较好的红酒，尽点些锯不开的牛扒、猪扒。

翻过山顶那家极有品位的咖啡室时，大婆带着男人走进百佳、惠康，大喊："厕纸又涨价了。"

女人的毛病是从一个可爱的少女，一秒一分，一刻一时，一天一年地，变成一个杀梦的人。

不过，她们有一千零一个理由为她们的行为做出辩护："你以为养这个家是那么容易的吗？"她们忽视男人的血汗，一切都是由她们"养"出来。

好，你养我也养，你养家吧，我养二奶，男人咭咭地笑了。

男人只有和二奶在一起的时候方回到做男人的尊严，在大婆的前面，他们是一条虫罢了。

和二奶在一起，男人才有办法再次地变成顽童，他们记得搔对方的胳肢窝是怎么一回有趣的事。

在儿童心理学中，小孩子最讨厌的事就是被人家管、管、管、管，我们都是在被管之中长大为大人的，每一个大人的身体中一定有一个小孩，喊着我要出来，我要出来！这个小孩一被扼杀，人生的原动力即刻停止。

和蝎子要螫死对方的天性一样，女人必须统治，这才对她们的人生产生意义。

君不见任何的家庭，权力最大的是祖母，不然就是母亲，哪里轮到男人说话的？

女人克服对方不在一朝一夕，她们是每时每刻地、逐渐式地侵蚀过来，她们的长期抗战的功夫，连执政党也要向她们学习。

男人在精疲力倦之下，已经觉得反抗是多余的，他们很快地学会投降，是最不花气力的。

本来跪了下来，可以相安无事，但是女人天性地赶尽杀绝："穿这件吧，这件好看。""头发那么长，剪了吧。""快把那双破鞋丢掉。什么？新鞋不舒服，穿多几次就舒服了，买双新的！"

到男人一点呼吸的空间都没有的时候，女人又要哭："这是关心你呀！一切，都是为你好的，你反而要说我管你，真是好心没好报！"

有时一天来几次电话，到你的办公室，到你的健身院，到你吃饭的餐厅。现在有了手提电话，更是要命，她们说："你在哪里？"

早已告诉她我在办公室，我在健身院，我在餐厅，但是女人还是要问："你在哪里？"

"哎呀！问你在哪里，有罪吗？"女人又哭了。

你在哪里？就是要管你在哪里，就是要查问你的行踪，就是要管你的行为，但是女人永不承认，她们又说："我关心你呀！"

好了，这时候男人的狩猎本能爆发，在又听到"你在哪里"的时候，像大力水手吃到了菠菜，偷情的本领越来越大，没有任何一个女人可以抓得住。

在短短的一两个小时午餐时间先来一下。晨练和遛狗再来一下。男人的感觉越磨越尖，说大话的本领已到不眨眼的程度。

"你在哪里？""我在开会。""你在哪里？""我在加班。"
"你在哪里？""我在餐厅谈生意。"

"怎么这么忙？"女人大喊。

男人心安理得地回答："多赚一点嘛，中西合璧情人节时，替你买个戒指，为你好嘛。"

中西情人节，要十九年才一次。女人还听不出来，感动得很。对她们一好，女人开始担心了。老话说，当丈夫对你特别好的时候，也是你最担心的时候。

男人做过之后心有内疚，当然对老婆越来越好，终归，男人是顾家的，家中这位老婆到底是恋爱后的产品，聪明的男人不至于为了二奶弄到家破人亡。而聪明的女人，学会放丈夫一马，大家除了做夫妇，也可以做朋友。婚姻最圆满时，也是大家作为老伴时。

在女人不明白这一点之前，她们还是要问："你在哪里？"有些男人干脆回答："我在二奶这里！"但是撕破脸，到底是下下招，是不值得这么做的。

最高的境界，无比的绝招，是男人和二奶上床时，拿起电话，问大婆说：

"你在哪里？"

当女人变成神棍时

小时候见奶妈求神拜佛，甚不以为然。

"灵吗？有用吗？"问道。

奶妈以她最简单、直接、淳朴的道理回答："拜时什么都不想，已是福气。"

当年，我是听不懂的。但是奶妈的神情是自然的，是慈祥的。

渐渐地了解片刻安详的重要，再也不敢疑问女人为什么那么迷信。但是在今天的观察，发现求神拜佛已变成一件讨厌的事。

天真可爱的少女，很少信佛，她们最多跟姑妈们到庙里走走，胡乱地朝拜一番，只觉得好玩罢了。

不知什么时候开始，少女开始不吃牛肉。

失恋、做错了事、祈求运气的转变、自信心的动摇，女人盲目地参加了宗教的行列。

从不吃牛肉，变本加厉到每周吃一天斋，直到放弃吃任何肉类，完全素食为止。

接着家中设了佛坛，购入香炉，添上念珠与木鱼。偶像由明星歌星变为菩萨观音、天后娘娘和关公的时候，是由她们嫁了人，情感或经济上出现了问题而开始的。

一个好端端的女人，忽然，有一天，她跪在地下，手举重棒乱敲一番。问她干什么？回答说在打小人，当然这个无辜的小纸人，是狐狸精的替身。

一个好端端的女人，忽然，有一天，她对着一张印着"贵人"或"财神"的小红纸膜拜。

一个好端端的女人，忽然，有一天，她做什么事都要看过皇历才能行动。

接着下来的是看到她们把床由这个角落移动到那个角落。问她为什么，回答说风水不好。

包给风水师傅的红包一个数千元，大量的金钱还花在巨大的办公室上，酬金以中国旧尺寸计算，不是现代化的公寸公尺。

将任何错误都归咎在生辰八字上。女人常常在算个老半天，才发现她们的父母，连她的诞生时间是早上或晚上都搞不清楚。

更多的金钱注入在看命看相上，左看右看，女人的结论是看命师傅所讲的，好的不准，坏的一定来。

人类的求知欲极高，不断地寻求答案。人生有何意义？男女为何邂逅？我们很冷静地从加减乘除，到逻辑，更以哲学来分析。当哲学也解答不了的时候，我们只有向哲学的老大哥宗教请教。老大哥说："男女为什么相遇，很简单，是缘分嘛。"

从此，缘这个字一直存在我们的生活之中。

女人不同，她们信仰宗教绝对不是为了做学问，谈哲学也毫无兴趣，怎会去研究佛经？

记忆力好的会把整幅《大悲咒》背下来。差一点的念念最短的《心经》，但是般若波罗蜜多是什么意思，意大利文或是客家话，不求甚解。

女人拜佛绝大多数是有目的的。要求诸事，一跪在神明面前即刻索取：求老公快点抛弃二奶，求儿女入间好学校，求一笔横财，求菲佣听话不偷钱，求……而且，她们还向神明开条件，如果一切如愿，明年再烧乳猪来还神。

问女人说弘一是谁，十个有九个不知。

最讨厌的是随便地跟着一个三四流的和尚，法师前法师后地打躬作揖，然后听了一点似是而非的道理，便把这个轮回理论向周围的八婆回放又回放。这些和尚说的不过是禅学中最基本的故事，已听过几百遍，和尚还当宝地举行大会演讲，叫人捐钱，真是佛都有火。

当女人也变成神棍时，最开心的应该是她们的老公。嘻嘻嘻，你越花时间去拜神，我越多得空闲到外面鬼混，反正你们越来越慈善，有一天把二奶接回家来你们也不发脾气了，嘻嘻嘻。

可怜的女人，为什么求神拜佛？总结起来，答案只有一个：

因为她们寂寞。

求精神寄托的方法多得不可胜数，刺绣、种花、古筝、阅读，只是万分中之一，每种知识都可变成一门专门学问，只要向神坛争取回一部分的时间，每个女人都可寻回无限的人生乐趣。

弘一法师最常用的一句话是："自性真清净，诸法无去来。"

连德高望重的高僧都教你们不必拘泥了，为什么你们是越陷越深地把自己当成老尼姑？

对宗教发生兴趣是件好事，步入中年，不管男女，都能在禅学中得到安宁。

认识的一些好女人也拜佛，她们的态度是超然的，不强求的。信佛风水命相，当成参考，心安理得，命运还是掌握在自己手中。

宣扬看开的女人神棍，自己最看不开。看开了，默然微笑，还有必要向人声嘶力竭地宣扬？

保持自性真清净的少女心态去信佛，最令男人着迷，永不厌倦的。

当了神棍的女人，只能面对丈夫软绵绵的生殖器。若有性要求，神明也帮助不了，剩下的是那根木鱼棍。

關于寒酸事
的所知一二

吾生晚矣。

就那么早个短短的四五十年，依目前经济条件，应有妻妾数名。

家父也常说，当时友人见面，打招呼从来不用："你好吗？""吃过饭了没有？"

他们总是当头一句："已经有多少个少奶了？"

一个老婆，是件寒酸事。

我们现在被所谓文明的鬼佬法律限制，一夫一妻，都变成你寒我酸我。

才那么数十年，男人就那么容易改变吗？法律上不能有二奶，只有交几个情妇了。

现在我们见面，问道："新女朋友是做什么的？"

男人的唯一一段婚姻，已非指腹为婚，是经恋爱而成，要是为了婚外情而背叛发妻，总说不过去。

既然那么坚持原则，男人就不应该出来拈花惹草啰！话不是那么说的，有些男人的爱是够用来和四五个女人分享，爱的次数越多，狩猎的本能更是旺盛，创造出更多美好的人生，若要抹杀，又是寒酸事。

时代的进步也有好处，女人已经经济独立，不必靠男人养。她们好好地嫁个如意郎君，当然是理想。啊，现实是残酷的，思想成熟的女子经过一两次的恋爱失败，看穿了婚姻也不过是一个可笑的制度，懂得"独身就独身吧"的道理，也逍遥快活。

周围的黄毛小子，一吃完烛光晚餐就急着要求上床，多讨厌！这些人怎么看得起？在等待适合的男性出现之前，利用这段空间和已婚男人拍拍散拖，满足性要求，又何乐而不为呢？

情妇这个名称非常落伍。做个朋友嘛，做什么情妇？性行为只是更亲热的握手，大惊小怪干什么？

原则还是有的，大家事前卫生准备功夫做得完善，不影响对方婚姻，别把现代喜剧变为粤语残片，皆大欢喜。规则很简单：不搞上身！不哭啼！

否则便是寒酸。

庸俗女人当骂男人没良心，做完爱后穿衣服便走。这是她们经历不多的缘故。要是多旅行，去过非洲，就知道当雄狮咬断猎物的咽喉，便懒洋洋地走开，对于吃东西，兴趣不大的。

讨厌的男人是黏身的，他们依恋着那一刹那的温暖，不肯走开，从不潇洒。这些男人还会向你说："我的老婆不了解我。"

自己在做对不起老婆的事，还说"老婆不了解我"，酸入骨了！

讨厌的女人也是同样的黏身，她们在做完爱时滴下一颗眼泪："你什么时候离婚？"

听得心寒。

大家已没有做朋友的条件了。

交友之道是互相的关怀，一生一世。男人做完爱穿衣服回家，还要替他看看衣服上有没有留下长发。女人遇上情绪上的低落，男人想尽一切去陪伴她度过。要是她们遇上适合的年轻人，还要加以鼓励，劝她们早点结婚，像个宠爱女儿的父亲，送她们入教堂。

到各人七老八十，儿女成群，子孙满堂时，大家还是朋友，互相一望微笑着，回忆起当年偷情的那一刻欢乐时光，那么美好！

为什么偏偏要回到寒酸事去？

男的问："新男朋友的功夫有没有我那么好？"

女的问："那个狐狸精是谁？"

她们忘记自己也是狐狸精啦。

做丈夫的已经在性生活上不能满足太太，还要问："为什么天天去洗头？"

做太太的已经在性生活上不能满足丈夫，就不应该说："为什么近来应酬那么多？"

记得有部叫《女人》的电影里，年轻太太知道了丈夫的婚外情，向母亲哭诉："像您多好，您和爸爸从来没有吵过！"

做母亲的慈祥地回答："放他们一条生路，自然不会吵，我当年也没向妈妈哭过。"

从前我在邵氏片厂工作，见过一个导演和一个放映师共侍一个妻子，另一个副导演和朋友轮流陪伴他老婆睡觉，而且是数十年前的事，他们算是先驱。这些人都不寒酸！

这位导演的十岁儿子看不惯跑到我家，向我说："爸爸没有种！"

我不知如何安慰。

现在，他长大了，了解父母的需求，认识父母也是人，便再也不怪责，寄以无限的同情。是一夫一妻制度害死人。

另一个朋友的大婆在痛责丈夫娶二奶，我也不知如何安慰，你怎么去安慰一个知识只有十岁的人呢？

喝我

"女人和酒，哪一样你最喜欢？"朋友问。

"两者皆好。"我回答。

"外国人说：醇酒、美人和歌唱是应该均分的，你认为如何？"

"有了酒和女人，其他的都是附属，歌唱、跳舞、表演等等，说起来只能归纳成酒和女人两样。"

"要你选其一呢？"

"不可能。"

"两样都得不到呢？"

"宁愿死。"

"酒和女人的好处在哪里？"

"傻瓜，试过就知。"

"女人和酒的坏处呢？"

"两者皆伤身。"

"那到底哪一种比较危险？"朋友追问。

"当然是女人啦，"我回答，"你哪里听过一瓶酒会开口说：喝我！喝我！"

玻璃丝袜

提到丝袜，脑里即刻听到"噢，罗宾逊夫人，罗宾逊夫人，哝吧吧……"的《毕业生》那首主题曲，以及安妮·班克劳馥的腿。

玻璃丝袜其实是尼龙袜的代用名词，原来用真丝做出来的袜子，在我们这一代是少见了，可悲。

女人身体中最性感的部分应该是腿部吧，每一节的曲线都不同。生着直溜溜的萝卜小腿的女人，美感就大打折扣，你看腿儿多重要。

为了强调它，丝袜的组织和颜色帮了不少忙。

粗织和白色的令腿部扩大，细纹和黑色的令腿部缩小。不同的丝袜也表现了女性的个性和情操：穿黑网丝袜的女人，给人一个容易和喜欢上床的念头。

总觉得用分开的丝袜比现在的"袜裤"诱人。袜裤不是裤又不是袜，像老太婆的卫生衣，脱起来把两腿连住，绝不爽快。微妙的是分开丝袜必须用吊带才高贵，以袜箍捆住就显得下贱。

记得从前南洋天热，丝袜还不普遍流行，刚出道来到有四季的地方，首次邂逅穿真丝黑袜女孩，当喝咖啡的时候，她双腿交叉，斯沙作响，直刺激大脑，还没入门，已差点弃甲丢盔。

女
性
生
发
水

　　一种米养百种人，一百个女人之中，个性没有一个相似，身材也各不一；胸部有大如沙田柚的，也有小如茶杯盖子的，但她们都有共同点，就是都爱戴乳罩。

　　在六十年代，妇权运动者烧胸围抗议，制造商有过一个大危机之外，这门生意一直兴隆，由十几块钱到数千元一个，赢利额上亿。

　　尽管女人大喊自由平等，总敌不过时间和地心吸力，烧完再去买一个。

　　和女人做爱，第二类最刺激的过程莫过于脱对方的乳罩，越急越糟糕，绝对解不开铁扣，终于以整个拉下来收场。至于第一类最刺激，不用画公仔画出肠吧。

　　铁扣是在背后的，年轻男人绝对想不透那么复杂的手势是怎么做出来的？女人要反手伸到后面，一个扣、两个扣、三个扣，看也看不见，怎能扣得准？

啊哈，原来女人是简单地把乳罩放胸前，眼看着扣好之后，再一百八十度旋转到背后的，笨蛋！

有些时候，拼命地去搜索她们背后的扣子，一摸之下，咦，怎么光溜溜的，一个纽子也没有？再考察胸前，也不知铁扣在何处。这时的愕然表情一定很可爱，女人即刻笑嘻嘻地叫了一声傻瓜之后，用手指按着胸前秘密格子，一个四方形的塑料小块，咔嚓一声，乳罩便在你面前左右打开。年轻男人，惊叹发明者的智慧，简直是可以得到诺贝尔奖金嘛。

女人爱乳罩的另一个原因，是可以名副其实地装胸作势。胸围设计人第一个想到的是怎么将双乳托出来，故此产生了又窄又小的道具，平胸女人可以不必挟着双臂出来，由乳罩代劳好了。

当乳胶不是很通行的时候，女人跑进洗手间，拉了大半卷厕纸往胸罩中塞，是个普遍的现象。和对方接吻之后，来不及将纸头拉出来，男人一摸，大吓一跳，窸窸窣窣地，是什么东西？

从此又产生了吹气的乳罩，在左右杯上各有一根像喝可乐的吸管，一吹就膨胀，至今还没有遇到戴此类胸罩的女人，只是在世界版新闻图片中看过。大概是经常一边漏气之故，此种设计未曾风靡。

后来干脆把乳胶缝进乳罩中，戴起来，平坦见骨的胸前，忽然肿出两团东西。样子是不好看，但是睡在上面倒是挺舒服的，像两个小枕头。

乳胶胸罩的另一个弊病在于它的气味，南洋天热，人多汗，吻到她们胸前，这一股味道是从哪里来？附近又没有橡胶园。

初长成少女，不知如何买胸罩，都是由母亲代办，她当然替女儿选一个又大又厚又老土的，样子像两块手帕绑在一起，真是滑稽，但是别轻视这两条手帕，美国的乳罩公司就在一九一三年靠这个简易的主意起家，成为一个拥有数百亿的乳罩王国。

随着时代的进步，当今女性杂志上看到的图片，胸罩的款式千变万化：直带的、交叉带的、无带的、全杯型、半杯型、全杯而上半杯是透明绣纱型，等等等等。走在科技尖端的是由计算机设计的，密度天衣无缝。

花了那么多钱弄来一个，穿在里面，欣赏者寥寥可数，有些例子更是全无，女人勇敢地把乳罩当外衣，但是至今看到的外乳罩时装，没有一个好看，尤其是麦当娜那两个尖钢半圆形的，和她拥抱，不给她刺得流血才怪。

最性感的乳罩应该是那个戴上像没戴的吧。

有个导演拍戏用了一个胸前伟大的女演员，但怎么拍，看起来还是硬崩崩的。我向他说不如叫她不戴胸罩吧。导演解释那个女演员不肯，若没胸罩，那对东西堕落及腰，我指出有种叫 No Bra Bra（无罩罩）的，以一层薄纱包裹，再用细带吊起，绝对自然。这个三十几岁的导演竟然不知道有此物存在。告诉女演员，她也不懂，真可怜。

百货公司里，除了 No Bra Bra，还有只是两片贴胶，由下面硬托起来的商品出售。女人没有刺激，乳头挺不起来，商人又发明两个假乳头，像小孩子喂奶的那种，给女人贴着呢。

穿低胸晚礼服，便得戴没有吊带的乳罩了。

这种乳罩戴起来最辛苦，太松了便会掉下，太紧的话，变成飞机场。就算是刚刚好适合的，穿久了也入肉，留下深深的红色纹痕。

年轻时男人拼命研究如何将构造复杂的胸罩解下来，年纪一大，才学会游戏，当你伸手到她们的背部，女人以为你要解开她们扣子的一刹那，忽然，用力一拉，把她们的乳罩带子当弹簧，即刻放手，嘞啪，一个大响，弹得她们雪雪呼痛，才是最好玩的。

这时女人娇骂：粤语"死鬼"、台湾话"讨厌"、韩语"Apo Yobo"，日本人词汇较贫乏，只会说"您"（Anata）、鬼婆粗鲁，来一句"狗养的"（You son of a bitch），但都是可爱到极点的。

乳罩万岁，将永远与历史共存。女人对它的追求不惜工本，和男人追求生发水，是一样的。越来越觉得应该去做胸围的生意。

保险套

保险套是人类的一大发明。

当然，原意是用来避孕，故又名避孕套，亦称安全套。俗名袋。英国人叫 Condom，他们自己想象力不丰富，以为法国人的技术比他们好，所有的性事都想到法国人身上去，所以 Condom 在英语俗语中也叫"法国人的帽子"（French Cap）。

最原始的时候是用真丝做的，后面用一条线将袋绑住，虽然松松不紧，也真想试用一个，真丝的感觉到底比树胶好得多呀。

树胶的保险套一旦制成，马来西亚的树胶园有福了，除做车轮胎，还有一大用处，只可惜他们只输出原料，技术还是不行，没法子做得又薄又不破，听闻是他们的手艺只能做到医生手术用的手套的程度罢了。

记得初次用保险套，并没有包装得那么精美，一个个装进铝制的金色薄皮盒中，样子不像保险套，倒似个巧克力的金币。

保险套的性质已经改变，避孕有丸子来代替，方便得多，快感更是难于比较的。

今天用保险套，当然是因为怕死。艾滋病，是致命的，不能闹着玩。

艾滋病流行，大超级市场才开始卖保险套，要是梅毒花柳罢了，他们才不肯公开买。

既然略为开通，就不应该一板一眼，像香烟一样随手拈来，那有多好！

但是简而清一次要开保险套的专门店，即刻受到卫道人士的反对，视之为洪水猛兽。我们这个社会，真的落后到那么令人羞耻吗？

保险套太过好玩，有黑暗中发亮的荧光者，试想那条东西东摇西晃，像只外星虫，或者是 E.T 的手指找不到方向，多么惹笑！

还有橙味、苹果味和草莓味，戴上之后，舔舔手指，岂不比庄臣婴儿油味更佳？

玻璃瓶中，注明"若遇紧急，莫用电梯，请使用保险套"等字句，品位亦高。

装进首饰之中，耳环、胸扣、戒指，随时一按暗钮，小保险套即刻弹了出来。带回家，妈妈也不知道是什么东西，当然不会责骂。

问题是外国妈妈已经买来当礼物送女儿时，我们还在怕本地妈妈骂。

看过许多间保险套专卖店,地方不大,灯光明亮,到处是色彩缤纷的霓虹灯,播流行音乐,有如一间唱片店。售货员个性开朗,示范给客人看完自己哈哈大笑,消费者哪会感到尴尬?

香港人反对人家开保险套店,大陆人相信不会,国内的一些哥们儿,随时在口袋里面掏出几个套子来。艾滋病对他们来说只是句外来语,他们担心的是别多生一个。而清兄不如到上海去开铺吧。

简而清太聪明,比人家先走一步,却走得太快。另一个友人何大明也参加游戏,他开的是邮购公司。这么一来,香港人便可以保留他们的面子了。哈哈,又不是买吹气娃娃,何必弄到邮购那种地步?

基本上卫道人士认为光明正大是瘟疫,偷偷摸摸就可忍受。数十年前在尖沙咀的杂货店中有羊眼圈出售,但是他们不是专卖店,不要紧。或者,卫道人士根本不知道羊眼圈是做什么用的。

不许开保险套专卖店,那也禁止超级市场出售吧!要买只准医生开张方,自己配药去,那你们便满足了是不是?

到药房去,涨红了脸,结结巴巴地说:"给……给……给我一个……一个套。"对卫道人士来说,这也许是一种享受吧。

他们的避孕方法还是用计算月经的来潮好了。对他们来说,这已经相当的保险了,因为他们只懂得用传教士姿势进行。方位是准确的,不像一般想象力丰富的人,花式表演太多,经常走漏。

他们大概也不怎么用保险套，最好是用惯听的笑话来指导，用手指示范给他们看。让他们子女成群，都是因为用时戴在拇指上。

但是前面说过，保险套已不是用来避孕，卫道人士怎能保证他们的老婆不会偷汉子，像广告中说："一次接触，可以致命。"他们也心惊肉跳，开始接受保险套的存在。

一方面接受，一方面又反对简而清开专门店，你到底想干什么嘛？

愿上苍对这种人加以惩罚。

罚他们偷偷摸摸地买到的保险套，是一个有破洞的！

接吻浅解

　　你这一代我不知道，我们第一次看到人家接吻，多数是在银幕上的。

　　最初的反应是："妈妈，为什么他要咬她？"

　　上小学时和邻座的顽童一齐逃学看电影，男女搂吻镜头出现，他扮专家说："那不是真的，有一块玻璃隔着！"

　　我虽然还没发育，但也没蠢到那么交关去相信他。

　　到思春期，当然也正常地幻想将来的初吻，会是什么滋味？没有对象，抱着枕头练习，一点味道也没有。

　　记得当年看的一出戏叫《战地钟声》。女主角向男主角说："我不会接吻，不然我就亲你。我应该怎么摆我的鼻子呢？"

　　贾利·古柏和英格丽·褒曼都有大鼻子，我们东方人才没这个问题，你没看到粤语残片里，他们要接吻之前都先嘟着嘴的吗？

第一次接吻时，本能地倾斜着鼻子，但是心太急门牙碰着门牙，咔嚓一声，记忆犹新。

对象是谁？倒想不起来了。反正当年有几个女朋友，后来和她们重逢，叙述往事，总是那么一句对白："第一个吻的是你。"皆大欢喜。

当年的女孩也真怪，和她们接吻时她们总是拼着老命闭着嘴，好像口一张开，处女膜便即刻破掉。这当然不只是从前的事，现在的许多女孩也都是这样的吧。

次数一多，便学会先闻对方的头发，吻耳根，移动到嘴唇，暂时停留在那儿数分钟，用舌头掀开对方的牙齿，伸了进去，又吸啜过来。

接下去，嘴唇已经不是最重要的方位了。

通常，女人在接吻时总是闭着眼睛，而男的是睁开的。心理学家的分析是："男人在接吻时睁开眼睛，是要看对方陶醉的样子，满足大男人的虚荣心。"

是不是虚荣心呢？我想好奇感比较恰当吧。女人也应该好奇的呀，她们不睁眼，怕男性认为她们不够投入，才是真正的理由吧。

男人睁开眼时，看到女人闭着眼，又在猜疑："她是不是在想别的男人呢？"

最好的办法是男人看你，你也看他。

但是，永远不满足的死男人都认为睁开眼的女人不是好东西，君不见《孽缘》中的格莲·寇丝，或者《本能》里的莎朗·斯通吗？她们都是看男人的。

印象中好像西方人对接吻比较拿手。其实接吻也不是洋玩意儿，我们的古典文学中早就提起，不过我们不叫接吻，我们更贴切地称为亲嘴。

接吻比握手更流行的地方，直截了当。像西班牙，男女一见面就来一个，不过不亲嘴，吻的是双颊，要是女方有意思，那个吻是吻得湿湿的。干干的话，那么男人一点希望也没有。

咦！那么脏！男同性恋者尖叫。

脏什么？人与人之间的沟通已不易，有肌肤相接，拥抱至天明的感觉是多好。你们懂得吗？天下美女那么多，还那么贪心地去搞男的干什么？

男人和男人的吻总是看不惯的，也许我太迂腐。《喜宴》里的两个大男人交颈，看得毛骨悚然。有时男人会吻男人的手，表示对对方的尊敬，那没什么呀，你说："《教父》电影中不是常出现吗？"

你去和黑手党打交道好了，别烦我。

吻女人的手倒是好事，虽然是老土了一点。但是时代兴老土呀。有绅士风度的男人见少卖少。在激动、喜悦之下，忽然抓住对方的手吻一下，你会发现这是一颗极有用的种子，时时引导至吻她们其他地方，不妨试试。

女人吻男人比较容易，这个直接示爱的方式很少受到对方的拒绝。男人可怜，他们要吻女人，啊哈，可得三思而行。万一一吻，被对方推开，那么没面子！死了，死了，要是女人到处唱衰，要如何是好！

吻女人需要又狠又准，像专家的猎人那么一击命中，这完全靠经验和直觉，教是教不会的。不过业精于勤，失败的次数累积下来，面皮厚了也是学得到的。条件是要举止大方，有点豪气，干干净净。态度猥琐，人小气、样子衰的话，那么只有注定一辈子打飞机了。

最难得到并非名门淑女的吻，而是娼妓的嘴唇。她们认为工作是工作，跨过界限是绝对不可饶恕的事，所以你们看《风月俏佳人》时，朱莉娅·罗伯茨看着沉睡的理察·基尔，用手指点着对方的嘴唇，那是她多么渴望而得不到的呀。

接吻、性交都是我们人生的一部分，也是人类最少提及的一部分。能够爱就去爱吧！看到地铁里、小巴中青年男女的热吻，成年人为之侧目。这是他们自己年轻时没有尝试过的反应，不然的话，他们心中一定会说："有什么大不了，当年我比他们更狂！"

吻得多了，会变成专家。当你是专家的时候，只想性交，已经不大喜欢接吻了。不信吗？总有一天，你会微笑着说我是对的。

乘现在还有兴趣，我们接吻吧。

懒洋洋的下午,一个年轻的外国女记者找我聊天。

"你对运动有什么看法?"

我以为她是来谈电影与文学,一开头,就讲这个乏味的话题,也只有勉强应付。

"运动,我最不喜欢运动了。看过美国总统卡特慢跑的一张照片,痛苦得像死人一样。"

"连看足球世界杯也没有兴趣?"

"中国从前有个大军阀,看了足球,说为什么要那么多人抢一个球?每人送他们一个好了!我的看法和军阀一样。"我不是很正经地回答。

"那么你一辈子从来不做运动?"

"那倒不是,做学生时被迫上运动课,长大后,也打过篮球,那时候精力旺盛,能抵消过强的性欲,倒是件好事。"

"现在呢？真的一点运动也不做？"

"现在已不够用，还要浪费体力，岂不是暴殄天物？"越讲越荒唐，连她也笑了！

"偶尔游游泳，应该的吧？"

"我有个做导演的朋友，很爱运动，但是因为赚的钱不够，一直拼命工作，后来终于有能力买间公寓，有个游泳池，便天天游泳，结果患了风湿！"

"可是有些女人很喜欢有筋肉的大块头呀！你不羡慕他们吗？"

"简直是噩梦！那些人拍恐怖片不用化妆！现在肌肉是一块块的，但是不继续练的话，皮肤即刻变成一袋袋！举重的人好像在吸海洛因。不能停止，是多么可怕！让别人去做大块头好了，别烦我。"

"打高尔夫球呢？你这种年龄的男士，最适合打高尔夫球了！"

"我有许多好朋友都打高尔夫球，我没有意思得罪他们。但是你们西方也有句话，说高尔夫球，是一群老人，对追求女孩子失去了兴趣，只有追打一个可怜的小球。"

那女记者看着我的身材，继续说："你什么运动也不做，但是肚腩还不大，有什么秘密？"

"一点秘密也没有，喝茶罢了。"

"喝茶？"

"广东人一直爱喝普洱，普洱能消除多余的脂肪，是数千年来公认的事实。但是要喝得浓，越浓浓的，最好是像墨汁！"

"墨汁？"

"是的。肚子中没有，多喝一点。"

她不了解这句话，笑不出来。

"那么你一点运动也不做？"

"做呀！运动手指抽香烟。"

她才明白我的话，微笑起来。

"现在流行穿运动鞋，男女都穿，你喜欢不喜欢穿运动鞋？"

"最讨厌了，运动鞋臭死了。而且女人穿起来，脚板显得更大，像唐老鸭的女朋友，一点美感也没有。"

"你对运动，是那么地憎恨？"

"那倒不是。"我严肃起来，"我不反对别人替我做运动！"

"别人替你做的运动？那是什么运动？"她有点不安地追问。

"按摩呀！你想到什么地方去了？"我笑着，"还是古人聪明，创造了这门艺术，让别人替你操练肌肉，我们澡堂子的擦背捶骨，是你想象不到的享受！"

"说到古人，"她问，"中国古人，难道不做运动的吗？"

"除了农夫，或靠体力为生计的，多数不做运动，尤其是读书人，谁有那么多工夫做运动？他们最多是游山玩水，带着青楼名妓，走走停停，一点也不勉强。我多想过一过他们的生活！"

"你现在也有能力学古人呀！"她说。

我摇摇头："绝对不可能了，我生晚了一百年。"

"爬爬山有什么了不起？"

"不只爬山那么简单，别忘记了那些名妓。"

"名妓又怎样？"

"哈。古人虽然不跑步，但是床上这一回事已经包括了一切的运动。掌上压当然要做，精神集中起来，鼻孔收缩放大，眼睛上翻，耳朵嗡嗡嗡作响，毛发挺直，脚趾弯曲，膝盖擦得流血，实在厉害！这才是真正的运动，哪会去靠一架走不动的机器健身脚踏车，而且用过几次之后便摆在一边！"

"你们现在也可以做这一回事的！"她说。

我懒洋洋地："当然可以，不过古人除名妓之外，还有四个老婆，和平共处，我们现代读书人的健康大不如他们，也是这个原因。"

我
的
志
愿

　　小学生作文课，一定有《我的志愿》这个题目。当年我住在一个游乐场里，每次去偷看大人抱着舞女跳探戈，好不羡慕，便写了我的志愿是开舞厅。老师看了直摇头，好在我妈妈是当校长的，都是同行，给三分薄面，没把我告将官去。

　　一生已步入黄昏，有几个志愿尚未完成，其中之一是开家妓院。

　　读古书，多向往公子书生携青楼名妓游山玩水！但是精通琴棋书画的女人已是濒临绝种动物，自己更非画家诗人，唉。

　　外电报道，澳洲墨尔本的妓院将上市，公开出售股票，不知从何下手，否则买它十股八股，过过老板瘾也不错。

　　墨尔本妓院相当高级，以红色天鹅绒铺壁，点着蜡烛，客厅摆设古典沙发，少女们穿丝质褥衣，横卧或四处行走，像一幅幅的油画，浪漫十足。

但是经营此等妓院很辛苦，要照顾女子的饮食起居，生了病要为她们找妇科医生，闹情绪要为她们找心理医生，借了钱又不知怎么扣还，两个红牌打架要帮谁，坐冷板凳的如何安抚，种种问题，皆需经理人才一一解决，麻烦诸多，不能亲自为之。

当今能公开营业，又不受警方干扰的妓院，唯有以西班牙巴塞罗那的"二百四十"为蓝本。

到了该地，跳上辆的士，说声"Dos Quranta"，是间没人不知的名妓院。

走下地牢，一条长酒吧，一个迪斯科舞池和一间幽雅的古典音乐演奏厅。

每晚，开店之前，它放八十个女子进去，都是经过严格的质量管理：衣服穿得不入流不放，谈吐粗俗大声的不放，面目不娟好的不放，身材不标准的不放。

入门券是二百块港币，八十乘两百，妓院院主先赚一万六千。

客人鱼贯而入，通常比例是女子的双倍，一百六十人乘二百，又赚三万二。

两百元的入场券包括酒一杯，客人贪心地流连，希望找到一个更好的，当然不止喝一杯酒算数。遇上佳人，更开香槟，额外的酒钱入袋，数目可观。

女人各地云集，不只是当地西班牙妹，法国、德国过江龙不少，什么远至日本、韩国。狂野的在跳迪斯科，文静的坐着听巴赫、肖邦。有的戴上眼镜，看来更像老师。八十个女人，不可能一个都不合你的胃口。

最高境界是每个男人都变成白马王子。一走进去，众美女把视线集中在你一个人身上，多么懦弱的男人都能恢复自信。而且，你和任何一个交谈，她们笑脸相迎，绝对不碰钉子。真是造福众生。

等一等，别说不照顾到女人。男子头女子也走进来找伴侣；其中也有不少名门怨妇前来客串，好过去叫鸭。

多数是一碰即合，生客还要和对方商量好价钱，熟的已知公价为一千到千五港币，马上双双地离开。赖死不走的，到了性欲高涨时，也随手携带一名上街。不少豪客一呼成群出门。

女人一少，外面的质量管理员又放入四十名，再有八千元入袋。

附近寄生虫式地开着爱情酒店相当多间，养活上千人。男人又是不济之士居多，三下两下完事。女子回归妓院，往往一晚可做三四轮生意，门票的二百乘了八十又八十再八十更八十，客人又加倍，成为天文数字。

当然被拒门外的不入流女子愤愤不平，又有许多各界男人，认为何必多付？私底交易，不就行吗？妓院养了一批打手，专门对付这些人。走进妓院反而都是讲理的，不会在里面闹事。

一瓶酒的利润甚高，主人吩咐酒保，必得让客人满意为止。故叫一杯威士忌，从不会像英国人那样拿个品特铁量器，一品特一品特地倒。酒保摆一个长玻璃酒杯在客人面前，然后看着客人眼睛，就那么一直注入，等客人看得心慌肉跳，大呼停止为止。

有些酒客，意不在性，来这里找个波度线路相对的人谈天，女子已被训练为不能催促对方，耐心回答。主人巡视，发现略为急躁的，便永不录用。

观光客、思想开放的夫妇，成群结队而来。在这里，也许给他们的单调性生活带来一点刺激。

成为密友，结为鸳鸯的也不少，时而乐队奏欢乐周年纪念曲子，场里每一个客人都被请香槟一杯。

超现代化的妓院院长拿极品的白兰地杯子，抽着古巴雪茄，身穿深色西装，鲜红的领带，懒洋洋地静观自得，对于自动上门的商品，从不白白沾手。

他身世清白，从来没有做过任何犯法的事，更深恶一切毒品，不许思想未成熟的青少年参加，账目清清楚楚，每年缴巨额的税金，政府不好意思派警察来骚扰。

我的志愿，就是当这个妓院的老板，若做不成，想想也快乐。好过假道学，梦也不敢做一个。

有
何
可
惜
？

　　到印度深山拍外景。我有一个习惯，就是和当地的工作人员一块儿吃饭，他们吃什么我便吃什么，表示同甘共苦，这样会和他们更接近，取得他们的信任，做起事来也方便一点。

　　吃中饭的时间到了，大家坐在草地上。包伙食的人在我们的面前各铺一张香蕉叶子，几十个人排成一排。再下去便在叶上各添了一大匙饭。其实哪像是饭，没有一粒米完整圆胖，简直是碎米。

　　好了，我也不在乎，反正在印度，你也少不了咖喱吧，才这么想，包伙食者提了一大铁壶，在每一个人的饭上浇一点汁。我一看，天哪！哪有什么咖喱，不过是将胡椒粒舂碎，混上盐的黄汤。

　　既然已夸下海口要和大家一起进食，只得硬着头皮用手抓来吃。

　　第二天我喊着要加菜，当地的负责人摇摇头说："你拍完了可要回老家，我们还要在这儿工作下去，绝对不能破坏规矩！"

我跟他们一起一吃就一个月，天天是黄汤泡碎米，一点变化也没有，怎么样吃也吃不出一点味。唯一值得安慰的是茶水的供应非常周到，印度人重视饮茶，大概是英国人遗留给他们的习惯。

　　我带去的铁观音已喝完，唯有和他们一起饮红茶，好在茶的品质还算香浓，可能是锡兰输入的。不过我不喜欢甜的，更忍受不了鲜奶，一喝便要拉肚。净饮红茶倒是没有怨言。

　　每次都关照不要奶，不要糖，但每次都是加奶加糖给我。我大叫了多次，才听一半，不下奶但是糖照加。结果我又大声嘶喊，再也不能容忍。

　　包伙食的人说："蔡先生，这么贵的奶和糖，浪费了不是可惜？"

　　我听了也感罪过，他说的并非无道理。

　　杀青那天破例大庆祝，我忽然极想吃鱼，哪知这厨子一生住山上，不知鱼为何物。我摇摇头说如此美味，不懂真可惜。

　　他耸耸肩："蔡先生，不知道的东西，有什么值得可惜？"

　　我俯首称是。

与
佛
有
缘

我是一个电影制片工作者。

一次，和李翰祥一起到泰国拍外景，剧情中需要一只会演戏的老虎，及一个小说《水浒传》中的景阳冈。经过许多困难，找到了一间佛寺后山为背景。

所有的准备都妥善。老虎也试过戏，真是一流的好演员。当然，片酬也给得不少。正要开拍时，忽然，天昏地暗，摄影机又出了毛病，连主角也跳草裙舞，罢拍。其他，其他，没有一样是对的。

怎么办？我急得团团乱转。当地的帮手刘晖对我说："蔡先生，这里是佛门圣地，你来拍戏，为什么不先去拜拜？"

天没有好转的迹象，反正闲着，我便下山到大庙去求神。走入，见那佛像，体积极大，但不庄严。亮晶晶的，商业气息直攻入鼻。我回头跑了出来。

又爬上山，在山后一角有一间小得只能容身一人的庙宇，便进去一看，有座四英尺高的坐佛，脸上贴金已残，可见生意并不兴隆。

我坐在佛像前，与佛谈条件："余非教徒，今来膜拜，若真有神明，请于十分钟内示意，否则不能陪作无益语言也。"

拜了一会儿，一点动静也没有，开始浮躁无聊，四处溜望，视线回到佛像：双眼被金箔贴得模糊，似开似闭；鼻子特别大，线条很直；再移下去是嘴，与眼睛一样不清楚，像要告诉我些什么。这一切，是多么地安详。看看表，刚好十分钟已到，我似乎听见佛的话，向佛像深深磕头后走出庙外。

导演不停地向我狂吼。剧务、副导演、演员哇哇叫，乱成一团。大家都对着我问："怎么办？"

我平静地转过头来望着他们，不语。奇怪地，不一会儿，大家情绪渐渐平静。跟着，老虎也活跃起来，摄影机修好了，乌云飞散。导演大叫："开工了！"

工作人员一窝蜂地拥上，很快地便把一天的戏全部拍完。独自走过小庙，一道光射在佛像上，佛的确是在微笑。

虎

　　制作过数部剧情与老虎有关的电影，东奔西跑地去找好的"演员"，也"接见"了不少候选者。

　　说到老虎，第一个反应是为什么不到马戏班去找，有些还学会骑脚踏车呢！我就上过这个大当，老远地找到一个马戏团，去了之后才知道这些老虎只熟悉驯兽师一个人的味道，生人一近，必张口大咬。

　　而且这种坏蛋在大笼中才肯表演。只能花尽力气试试，用树枝树叶遮掩着铁条，隔着笼子来拍它，但唯有用驯兽师做替身，真正演员不能够与它一块儿演戏，魄力是不足的。

　　又听到泰国有一只演技优秀的大虫，跑去一看，和狗一样大。

　　好在于当地找到另一只巨型者，见到驯兽师，他说阿花很听话，绝不咬人，不信你伸手试试。

到这个时候真是迫我跳墙，我想少一个制片总比失去一位拍戏演员好，便硬着头皮把手给阿花，它果然驯服地舔舔算数，我可乐了，与它玩得性起，抱在一起打滚，一点事也没有。这可找到好演员了，一定能把戏拍好。

　　·哪知等工作人员的手续办好时，它已经大了肚子，性情大变，见人就咬。

　　最后在印度片中看到另一个好演员，它和大明星演戏，毫无架子，任劳任怨地被脚踢拳打。印度演员红起来一年拍十几部片，这个人要是有什么三长两短，十几个制片家便要破产。所以演对手戏的老虎一定要听话，要驯服。

　　跑到印度，驯兽师将演员带来，可真的顺利地拍摄一场人兽搏斗的戏。

　　但见可怜的老虎，爪被剪平，嘴被麻绳般粗的电线缝了起来。驯兽师一针针地，不用麻醉药缝下去，老虎只是"呜呜"惨叫，可怜得和猫一样。

　　拍完后当然要补几个老虎张嘴咬人的特写才有说服力，那只被缝嘴的已疲倦倒地，找到另一只凶猛的做替身。

　　忠心的副导演习惯性地拿了拍板放在老虎面前准备，哪知它狂吼一声，把拍板咬了个烂碎，差一点将副导演的手臂也吞了下去。

蛇
电
影

一个机构，要拍一部以蛇为男主角的电影，抄自印度片子。

好了，这么荒唐的事，竟有人去执行，当然，也有人肯演女主角，而且不止一名，有两个饥渴的女人拼了老命地要抢这个角色，她们的分量一样，真不知要选哪一个才好。

正在犹豫，她们开始积极地行动，都变得是世界上最温和、最柔顺的女性，令人想到要她们做女儿，做妹妹。

甲明星工于心计，乙明星政治手腕一流。要是你能亲眼看到这两人，一定会发觉她们的生存力量，比我们还要强得多。

当时，前者已拍过几部大戏，给观众的印象较深，外形适合，人选应该是她，平心静气而论，但是有一个阻止她演这部片子的致命伤——她怕蛇。

后者陪人家吃饭是等闲事，见有势之人，非常亲热，利用价值一完，迎面而来也不打招呼。这时，她的骄傲和虚假一扫而空，每天捧着一本史坦尼斯拉夫斯基的《演员自我修养》。退而求其次，大家决定女主角由她来演。乙明星正在扬扬得意时，怕蛇的甲明星使了一个绝招。

制片、编剧和导演正在开会。门一打开，甲明星颈项上围着一条过山乌眼镜蛇，笑盈盈地走入，外国谚语说："为了要达到目的，毒蛇也能为伍。"这句话，给她证实了。结果，当然是甲演员争取得功。片子开始拍摄时是夏天。

工作顺利地进展。蛇是不用怕的，因为有一个"蛇王"跟场。他是玩蛇专家，重金礼聘来指导蛇的演技。蛇很听他的话，他不拍蛇电影的时候，专门替客人刳蛇胆，怪不得蛇要怕他。为了要保护演员的安全，所有做戏的蛇的毒牙都要连根拔起。这位蛇王把手伸入布袋，"嗖"地一声，即刻抓出一尾，左手拇食二指一按蛇颊，右手拿着一把钳子，"咔嚓咔嚓"，一刹那便解决掉眼镜蛇的四颗门牙。

女主角和蛇演戏，亲热地抚摸它。这部片子一拍三个月，秋天已到，她不知道的是，蛇的毒牙，又生长出来了。

一天，导演摆了一个位置，用望远镜头拍女主角和蛇由远处走来。戏中要求蛇在地上爬行，她拉着它的尾巴在后面跟着走。

准备好了，导演喊"卡美拉"，摄影师全神贯注地拍摄。

咦？不对呀！

远处看见女主角的手抓着的不是蛇的尾巴，而是它的头。而且在拼命地摔它。

导演大叫："卡！卡！卡！我叫你拉着蛇，不是和它玩！"

女主角还是在摔蛇。

再看清楚，糟糕！不是女主角抓着蛇，而是蛇紧紧地咬着她的手。她痛得叫不出声来。

蛇王一个箭步冲上，把蛇的上下颌拉开，女主角看到自己血淋淋的手，昏死过去。蛇王拔出刀，将蛇斩成几段。接着四周一看，便往草地上挖，拔出一个草根，放入口中，咬个碎烂，即吐出来包缚着她的手，原来那是治蛇毒的草药。

这药真灵，女主角没有死，休息了一个月后恢复，导演问她是否有胆量继续拍。她顽强地点点头。

镜头摆妥，灯光打好，女主角化完妆，导演大喊："把蛇拿来！"

蛇王将蛇放在女主角身上。

女主角一看，"嗳"地一声又昏倒了。

又休息了一阵子，导演问说："这一次没事了吧，你要有信心才行，这部片子要拿去参加康城影展，到时得奖，你便是国际明星了。那时候，要什么有什么，阿兰·德龙也会来找你拍档。选个好剧本拍部美国片，得最佳女主角金像奖也不出奇。如何？再拍几场戏这部片就能结束，来吧，拍吧！"

女主角点点头。

镜头摆妥，灯光打好，女主角化完妆，导演大喊："把蛇拿来！"

蛇王将蛇放在女主角身上。

女主角一看，又"嗳"地一声，再次晕倒。

等到她再也不怕时，天气已寒。

这次轮到蛇懒洋洋地说："我要冬眠了！"

片子到第二个夏天才结束，前后拍了一年。

　　因为有一个老板要拍一个以蛇为主角的故事，戏里有一场歹徒放了一只专门咬蛇的獴去杀我们的英雄，所以刚好为其他事到印度去时，制片公司便叫我们拍这场戏。蛇和獴，都是印度的特产。

　　借了片厂里的一个小角落，我们请了驯兽师来协助拍摄。他由笼中取出一只长得像黄鼠狸，大小如猫的动物，这便是戏里的反派。

　　剧本里只写着獴攻击蛇，结果反而被蛇咬死这短短的几个字，这种戏拍出来单刀直入的，观众一定不会喜欢，结果只有构想如次：獴一见蛇，蛇惊，獴张大口向蛇冲来，蛇避，獴一跳向前咬住蛇腰，蛇受伤，挣扎逃脱，獴不饶人，蛇游上墙，獴跳，但咬不到，蛇满身是血，抬头一看，桌上有个热水瓶，蛇有了主意，獴跳上椅欲追击，蛇迅速地爬到热水瓶旁，獴又迫近，蛇用头向热水瓶大力一撞，"碰"地一声，热水瓶倒下，开水烫得獴发泡，獴大叫哀鸣，蛇昂起头，直瞪獴的喉咙，獴的眼睛发出恐慌，蛇似箭飞去，一个血盆大口，往獴的颈项以四根毒牙咬下，獴张开着嘴发出"咯咯"地痛苦声，蛇跟着用身体把獴缠住，"咔拉咔拉"地把獴的肋骨都勒断，獴终于断气，男主角拖着疲倦的身体，走向远方。

把剧情告诉了驯兽师后，他伸一伸舌头说："哇，不容易。"

问他有没有准备好十条大小颜色一样的眼镜蛇，他说只找到五条。五条怎么够？我大吼。他耸耸肩。

在印度，你要求什么，他们都摇头说："阿差，阿差。"起初以为他们说不行，但后来才知道他们的摇头就是我们的点头，什么都阿差，什么都有，但是一到紧要关头，他们一律地耸耸肩，什么都点头了。

唉，怎么办？晚上的厂租、器材、工作人员比早上便宜，所以选了夜间摄影，现在半夜三更去哪里再能多找五条同大小同颜色的男主角？真后悔，为此因小失大。五条就五条吧，先开镜再说。灯光摄影机都准备好了，示意叫驯兽师放蛇。他一松手，獴即冲上，本能地一口将那条蛇的头咬碎，呜呼哀哉。

"不要紧，不要紧。"驯兽师说，"还有四条。"

再放一尾，"咔嚓"地一声，蛇头剩下一半，獴阴险地笑。驯兽师又耸耸肩，我摇头。

开始着急，驯兽师说："这次我抓住獴的尾巴，包管没事。"

我只好信他。

摄影机又开动，蛇游过来獴欲冲上，但受制咬不到蛇，驯兽师双手紧紧地拉住它，回头望我笑笑，说："我说过不要紧的。"

他正在得意时，那条蛇不知死，反而来惹獴，獴大怒，一口将蛇腰咬成两截。这种动物一生下来就是对付蛇的。

"不要紧，不要紧。"驯兽师又说，"还有两条。"

这次，他脸上已不带笑容。我的比他的更长、更黑。

再也不能冒险，我向驯兽师说，"你拉着獴的尾巴，叫人拉着蛇，让它们都不能接触，那就不怕蛇再给它咬死了。"

"哈。"驯兽师说，"还是你们中国人聪明，这样吧，由别人拉，我怕会失手，要是你自己来拉，一定拍成。"

我给他一赞，飘飘然似被催眠地伸手拉着蛇尾。一切准备好，开始拍摄，它们凶狠地相斗，这个镜头拍得真精彩。

我正高兴，距离一下子没有测好，獴跳前差点咬正蛇的鼻子，那蛇愤怒，转过头向我一口噬来，我吓得"哇啊"大喊，马上松手把它丢掉。

"咔嚓，咔嚓"地，獴大概拍得肚子饿了，把整尾蛇咬烂，吞进肚中。

驯兽师望着我，擦了一把冷汗，我耸耸肩，他摇摇头。

只好休息五分钟。

我很需要抽一支烟，口袋裤袋，怎么摸也摸不到，想叫人出去买，但是在印度，抽烟也是一种奢侈，烟档少得可怜，不是到处买得到，现在又是深夜，唉，打消这个念头算了。

驯兽师递了他自己的宝贵的一支给我，我很感激他，觉得刚才对他发怒实在不应该。

抽了一口，淡而无味，像在吸蜡烛。

"好吧！"我说，"放最后的一条蛇吧！"

驯兽师不再撒野，他说："蔡先生，拍不好你我都没有面子，这样吧，我们用针线把獴的嘴巴缝起来。"

"这太过分了，它也会感到痛苦。"我说。

"不要紧，不要紧。"他答道，"我们缝惯了，它的嘴皮已经被我们缝得没有知觉了。"

我拍拍他的头："为什么不早讲呢？"

他耸耸肩，开始去缝獴的嘴巴。

不忍看，打开公事包，想拿一本小说来看。忽然，奇迹出现，在夹缝中找到一支由烟包中掉出来的香烟，已经被压得弯弯扁扁。我小心地抚摸它，将它恢复原状，这支烟太难得了，我一定要享受每一口。

点着，一吸，烟透入肺腑，精神为之一振，慢慢地吐出。

这么久了还没有缝好，我已经有点不耐烦，走过去一看，驯兽师的两个助手，一个抓着獴的手脚，另一个按着它的嘴，驯兽师在用透明的渔线，一针针小心地将它的唇穿在一起，像一个主妇在衣上绣花。

獴被五花大绑，虽然驯兽师说不痛，但是，可以看到它的眼睛团团乱转，苦楚至极。

阿弥陀佛，自读《护生画集》，心灵之伤痕已渐疗愈，对一切众生极感爱护。五条蛇中已丧失四个生命，还要光着眼睛看地球群众，教我如何安宁？

好不容易地，驯兽师终于将獴的嘴缝闭，他伸手向助手说："剪刀！"

两个助手互望，哪里去找，大家耸耸肩。缝在獴唇上的那根线怎么拉也拉不断，非用刀子割断不可。驯兽师转过头来，看见我嘴上的那支烟，神速地抢了过去，"嗞"地一声，把那条线烧断，大功告成。

驯兽师把烟蒂交还给我，我下意识不浪费地吸完最后一口。但一想，天，他手指上沾的鲜血，而且还是咬过眼镜蛇的，我要呕吐，但怎么也吐不出来，五脏在打滚。

值得安慰的是，这场戏顺利拍完。

蚊

炎炎夏日，即将来临，虽然会汗流浃背，也带来了树阴下的凉风、红豆冰、蝉鸣、美女怀抱中的午睡……但，最可怕的，是蚊子。

我对蚊子的厌恶，到达极点。若以专家分析，已患上很严重的畏蚊症。

这个毛病出在多年来被蚊子侵袭的经验。

年轻时到马来西亚玩，乘汽车渡轮过河，突然蚊声大作，成千上万的蚊群出侵，即刻关上玻璃窗躲入车中，不到两秒钟，脸部、颈项、手臂，都已浮起红肿。

好玩的记忆也有：睡在蚊帐里面，不小心将身体靠在帐边，蚊子隔着纱眼来咬，一个部位起了和蚊帐眼一样多的几十颗小红斑。眼睛睁开，看见蚊帐顶上有数只由夹缝中逃进来的，已吃到满肚是血，行动迟钝，用手一拍，"波"地一声，把它们肚子打得爆裂，手掌通红。

可恶的蚊子不知道是蠢，还是挑战性强，在人们入睡时，到处不叮，总喜欢来到你耳边嗡嗡作响，也许是它们在试你的耐力。被咬得多，渐渐地养成了灵敏的触觉，凡在睡眠中，一听到蚊声即醒，假装沉睡，蚊子一停在我身体的任何部位，都能察觉，跳了起来大力一拍，百发百中。

已起佛心，昆虫不杀，唯蚊子例外。

正在扬扬得意时，被派到热带的森林中去拍戏。

我们在一片旷阔点的地方搭了一个布景，准备拍至结尾时将它爆炸。当然大团的火花，要在晚上才拍得漂亮。一切准备好了，等待黄昏的来临。

摄影师打了灯，导演正要喊开麦啦时，黑暗的天空忽然变成乳白色，是蚊群造成的，四面八方的蚊子，一看灯光，都集群前来。

在背光下看清蚊子的面目，来者都是只剩下一副白骨瘦蚊，它们已饿得可见腹部一条条的花纹，其他是透明的。

每只蚊子都是冲锋敢死队的队员，它飞扑过来，一停在你露出皮肤的地方，便牢牢地叮住，拼命吸血，它是冒着性命危险前来的，只要你能拍，它们愿死。

杀了一只又一只，有时一掌击，可以一连打扁两三只，但是它们像海中的巨浪，无休止地扑来。

"快点保护演员！"我下命令。

工作人员只好不顾自己，用手头的杂志、报纸、反光板等大力扇向演员，因为大家都知道演员一中招，戏便拍不成了。

这一来，我们自己变成不设防的都市，任蚊群叮咬。只能偶尔杀几只泄愤。

好歹地等至黎明，天气一凉，蚊子带队离去。

普通蚊子咬过，痕痒三十分或一小时内总得终止。但是该地蚊子是个特别的种类。那不愉快的感觉无尽头，回到酒店躺在床上，一面抓痒一面入睡，梦中醒来，还在抓。

第二天已经准备好一切防蚊用具，借了一个喷农药的机器，购入数桶DDT，在现场大喷特喷。

有些工作人员买了电蚊香，当地土人正在笑他们在野外中哪里去找插座的时候，聪明的电影人已由发电机中引出支线，把电蚊香点着。

灯光一亮，蚊子的警报由远处传来，我们手持武器等待敌人的来临。

敢死队的名字不是白叫的，DDT、电蚊香、超微波震荡器等等，岂能抵挡？蚊群照样扑向我们的身体，一叮上便再也不飞，大家被咬得团团乱转。

"用蚊怕水！"有人由袋中掏出数罐，各自往露在外面的部位喷去。

也真有效，蚊子只在离开身体数英寸的地方待机，不敢再咬。

"看你再有什么高招！"正在狠狠地诅咒它们时，发觉面部太奇痒，抓了又抓。

看见别人面目也有一条红色的疤痕，原来炎热之下，由额头滴下一道汗水，把蚊怕水冲掉，蚊子们便整整齐齐地在那一道痕上叮，一粒粒的红斑，像条车轨。

又是天明。一想到还要连拍五个晚上，心中发毛。

痕痒不能以笔墨形容，细看之下，红斑顶部有个小小的黑头。痒的感觉就是由此发出的吧？找了一片原始的双面剃刀，用打火机把刀锋烧了消毒，擦干净黑灰，便提刀往黑头刮去，血液流出，感觉上，暂时止了痒。

一夜一夜的苦守，当地土人一个个消失，我得去找回他们工作，最后在浮脚楼的木屋底下找到，都已经抽了大麻，飘在云中，展开笑容地让蚊子分享。

最后的消极抵抗，我买了数瓶土炮猛灌，身心较为宁静，蚊子们吸了充满酒精的血，飞走时神态美妙，可能是它们告诉战友已尝过极品，吩咐部下暂时不来咬我，下面数晚，较少来袭。

返港后即搬三十五楼公寓，看你还飞不飞得上来？蚊子是少了，但偶尔也听到嗡嗡蚊声，原来它们也会乘电梯。

现在办公室中也有蚊子，比起外景地，已不算是一回事儿，懒得扑杀。为自己订下一原则，凡被咬一口，便杀一蚊报复。

说也奇怪，从此相安无事。

敬祀神明

中国人的职业，本来说是三十六行，后来多元化，进之称为三百六十行，现在多十倍、百倍也不止吧。拿起黄页簿一查，甚至有出租尿布者。

过去，每一种行业的人，都祀一偶像为祖师，诸如医药业之祀神农、土木工程之祀鲁班、梨园子弟之祀唐明皇等等。

前一段日子，读台湾新闻，知该地之红灯区则祀一只肥猪。猪哥，闽南人之所谓好色阔客，虽非什么神圣之人，但膜拜好老板，无可厚非也。

《玉蒲团》这本小说，一向为卫道人士视为洪水猛兽，列入禁书，想不到书中所写的男主角未央生，亦为人所祀：以前有位赵世伯，曾经说上海有一座未央生庙，庙中除了我们的英雄之外，还有他的好友大盗赛昆仑的泥像，香火不断。我们以为赵世伯口花花，说他捕风捉影，或是道听途说。

直到最近，读上海通陈定山先生所写的《春申旧谈》一书，里面果然有未央生庙的记载，而且说到此庙设在上海小东门杀猪弄。不过，市民偶过其地，必向弄内撒尿，搞得臭秽熏蒸，而偷儿淫鸨都十分诚心，奉未央生和赛昆仑为祖师，狺伧可发一笑。

书中又说，当时有一妓女，请一位文士撰了一副对联，贴在庙外，文为：

　　此地不能小便
　　本房可兑大洋

这真是使人忍俊不禁之事。

在电影圈混了多年，每每看到一片开镜之日，所有工作人员都聚集一处，奉烧猪生果香烛，三跪九叩首，就地膜拜，求神明保佑，使全片拍摄顺顺利利。近日电视片集开拍，亦依此惯例。

但是，所拜神明何许人也，皆颇含糊。祀发明者之一的伊士曼·柯达，或大师格里菲因，或爱森斯坦？彼等皆为洋人，中国人之祀一个番佬，似有点滑稽。应该祀的是费穆吧。

至于散文和小说，应祀何人，有待诸前辈稽考。

中秋

我们已准备好在南斯拉夫过中秋。

前一阵子，一批工作人员来到时，已带了四盒月饼。

月饼又甜又腻，是我最讨厌的东西，但是，到时我也会吃一口吧。

"放那么久，不知道会不会发霉呢？"同事问。

"霉了也吃。"我说，"把那几瓶白兰地开了，消消毒。"

"唔。"同事点点头。

头上，看到快要圆的月亮。

"你说，"同事问，"人已上去了，我们还拜个什么鸟？"

"那不是月亮。"我说。

"不是月亮，是什么？"

"是个转播站。"

"转播站？"

"到了八月十五，它会通过时间、空间，把感情转播给李白，给黄山谷，给曹雪芹，给丰子恺，给你。"

自
传

　　大家吃饭聊天，谈到某某明星要出自传，便纷纷发表意见说还有几个演员才有写书的资格，这些人的生涯要是变成文字，包管成为文艺巨著。

　　在外国，自传好像是近年来特别流行的体裁。以前电影的英文书籍栏里，最多找到卓别林写的自传，现在除了劳伦斯·奥利弗、英格丽·褒曼、德克·博嘉德等较为有分量的演员写书之外，什么阿猫阿狗都出书，兰纳·端娜、琼·柯林斯等都大爆内幕。

　　极有文学修养的英国喜剧演员罗伯特·莫利和彼得·乌斯蒂诺夫所写的，以为一定有许多趣味的文字，但读后索然无味。我喜欢的詹姆斯·梅森的书里很仔细地描述他和人家打官司的事，与读者无关痛痒，可读性也不高。

　　反而是访问希区柯克的那一本最有内涵，它虽然不是传记，但是对书中人的探讨很深，由他的作品和对付演员的办法之谈话中，我们可以很清楚地看出希区柯克是怎么样一个人。不过，访问者对他的作品极了解，而且本身亦是干导演的杜鲁福，应该是与众不同。

许多活着的人的自传并不是自己写的，由一些影剧记者代为捉刀。去世后的演员歌星，如猫王、列侬等，人家找了资料胡乱出书，内容更是不尽不实。大作家诺曼·米拉写的梦露传也并不精彩。

为什么自传这么难写呢？主要的是作者本身不肯把事实重复，他们常点到为止，而欲语还休，把最精彩的部分一笔带过。在美国，动不动律师便告上门来，一赔偿都是百万，可不是闹着玩的。

女明星所写的自传，虽然封面上有种种骇人的标题，如基辛格追我追到床上等，但是一看内容，什么都没写。

说到底和人睡觉并非一件很光彩的事。

西方人一向比较坦白和少顾忌，中国人写自传，更是没有看头，我说。

坐在我身边的凤三兄喝了一口酒，懒洋洋地说：“当然嘛，中国女明星连年龄都要隐瞒了，还有什么好看的？”

先知家谱

近日重读先知穆罕默德传，有几点是以前没有注意到的。

先知年轻时是一个商人，非常诚实。他的信誉受一位富有和高贵的寡妇比比·嘉迪耶娜欣赏，请他当她的地产经纪，打理她在叙利亚拥有的土地，每卖一块，都有提成可抽。他很有成绩，她便向他求婚。当时穆罕默德只有二十五岁，寡妇嘉迪耶娜已是四十。

她死后，先知才再娶，一共和哈蒂雅丝亚、哈蒂苏达、柴安娜、乌姆莎玛、朱华丽雅、哈丝花、玛姆娜、莎菲雅八个女人结婚。她们有的是贵族的女儿，有的是穷人的母亲。最后，他又娶第十个老婆玛丽耶，她是一个奴隶，埃及国王送的。

第一个妻子和他生了三个儿子和四个女儿。中间的太太们没有任何生育，直到最后的玛丽耶才再为他生一个儿子。四个儿子圭森、达希、秦叶浦、依布拉罕都在婴儿时代夭逝。女儿们嫁给他的部下和其他贵族，至于有没有外孙，记载不详。

最佳宣言

多年前，看了一部音乐和摄影极优美的电影叫《雪布洛的雨伞》，此片导演积克·甸米的妻子安纳斯·华达也是个导演，她承继了丈夫那一套唯美手法，但拍出另一部完全不同的片子：《幸福》。

男主角是巴黎郊外小木工厂的年轻木匠，他的妻子特丽丝以洋裁内助家政。

他爱他的妻子，他爱他们的两个小孩，创造了幸福的家庭。《幸福》的情景，可以从他们一家星期日到春天的大草原中游玩看到。

但是，他终于有了个情妇。艾美莉是邮政局的职员，他们认识后，有一天他帮她搬家，替她做书箱衣柜，他们谈话投机，很自然地，一起上床了。

他们的关系延续下去，他很爱她，他也很爱他的妻子，并不向艾美莉隐瞒这个事实。

在一次全家郊游野餐，小孩子都在午睡时，他将事情告诉了她：我爱你。不想破坏家庭。爱你和爱她一样的深。我真的很幸福，你了解我的心情吗？特丽丝。

妻子回答道，要是你很幸福，那就好了。

他非常高兴，把妻子抱紧、接吻。妻子要求他的爱抚，完事儿睡觉。

当他醒来时，妻子已不见。他拖着两个小孩拼命寻找，终于在树林的池中抱起一个溺死的女人，那是妻子特丽丝的尸体。

他悲伤。日子经过，他复元，工作。

秋天落满叶子的树林里，他和艾美莉，拉着小孩们的手，和平地、快乐地、喜跃地在散步，他是多么的幸福。全片以莫扎特的音乐来陪衬，以德加、雷诺阿的笔触来着色。一辆蓝色的巴士在镜头前开过。蓝色桌椅上蓝色的咖啡杯，蓝色衣服的美女坐着，背后一片蓝色的墙。男主角由池中抱起妻子的镜头重复了五六次，大胆的剪接手法。最后一场的夕阳、落叶、大人小孩的衣裤都是每种深浅的金黄。以短焦距镜头来模糊美化前景和背景的摄影，至今还被盗用。

这部幸福和美丽的片子，是一个女人用来控诉男人对爱情的单纯和愚蠢，比任何烧乳罩的女权运动者，做出更佳的宣言。

自从有了黑泽明的那部电影之后，公有公理，婆有婆理，各人自圆其说的，都叫"罗生门版本"。

每一件事皆存黑白，或者，加上中间的灰色。为自己方便，只顾个人立场，见人说人话，见鬼说鬼话。

马科斯实在可恶，贪污了人民那么多美金，但是他的女儿也曾说他是一个慈祥的爸爸。他的老婆说为了大众付出了那么许多，所得的是那么少，老公唷，你太老实了。马科斯本人：我没有下令屠杀，我倒救了多少条人命！我到底是一个伟大的民族英雄！

总有几个角度去看一个人，或一件事。意大利黑手党家族，不是给马里奥·普佐神化了吗？他们的杀人放火变成了替天行道。我们的大流氓马永贞、仇连环也被歌颂。对历史人物，更是三番五次地死后鞭尸，鞭尸后赞美。

何必斤斤计较现在自己的得失？人家要讲什么，让他们去讲。史努比说："一百年后，又有何分别？"

　　轮到黑泽明自己，许多人为他写传记，他都不觉得满意，自己动手，由小孩子谈起，一直写到他拍罗生门时，便写不下去。

　　因为，他知道得清楚，再继续的话，非得骗人不可。

疯
人
院

搬家后，行李中找到一篇二十二年前写的旧原稿，重记如
下：这是一个疯子的故事。

　　"秋霞发了神经病……"

写到这里，再也续不下去了。我的小说中的女主角疯了。神
经病到底是怎么一回事？为什么会发神经？病人的神态如何？

一连串的问题，搞得我自己差点发狂。我从来没有看过一个
疯女，银幕上的除外。怎么去描写呢？又不能凭空捏造，或是抄
书，写出一些死东西来。

把稿纸撕掉。再写，重撕。反复了多次，字纸篓快要满了。大
喊一声，把稿纸扔上天空，又见它们飘下。昨夜，便一整晚没睡。

清晨五点，穿上毛衣，出去散步。走走走，愈走愈远。我走

进了一条狭长的路，两旁并列着针松树。一阵雾气迎面吹来。再也看不到前途。

后面好像有脚步声跟着，心里开始发慌。双脚冷极了，现在才发现忘了穿鞋。

脚步声渐渐接近。我走得快，脚步声跟着快；走得慢，脚步声也放慢；我停步，声音停止。转头，白茫茫的一片。

不对，不对，我拔脚狂奔。跑跑跑，绊到了什么东西，我打了一个筋斗。

伏在地上许久许久，眯着眼，抬头，在薄雾中，我看到一块牌子，上面写着三个血红大字："疯人院"。我睁开眼睛，一个梦。

阿七、阿八。打了两个喷嚏。冷极了，把被拉到颈项，脚露出来着了凉。下床，拿出一瓶白兰地，灌几大口。从喉咙一直到小腿，感到一阵短暂的温暖。

回床，盖上两层大被。重忆刚才的梦，可怕极了。但，它给我一个非常好的主意：为什么不亲自到疯人院去体验体验？是的，为什么不去体验呢？

下午的太阳直射，热死了，汗一滴滴流下，我夺门而去。景色在我的身边飘过。咦？忽然，我看到了一条狭长的路，这条路熟极了，我记得清楚。沿着路走，到了尽头，我的预感没有错，果然，看到一块牌子，上面写着三个血红大字："疯人院"。

我大胆地走了进去，立刻嗅到了一阵强烈的消毒药味。院中气压极低，闷得死人。

仙乐斯舞厅

　　儿时，住在一个游乐场中，深夜还不肯入眠，常跑去那间巨大的舞厅，爬过栏杆，由壁中的格中望去，看大人跳舞。

　　这家舞厅抄足上海的架势，上海没去过，但对于这个大都会，已隐藏了深厚的迷恋。

　　在大陆还没让游客涉足的时候，曾经策划过一部通俗的娱乐片，讲三十年代的上海舞厅。

　　当年，做了无限的资料搜索，也访问了不少在舞厅中打过滚的火山孝子。从他们的谈话，我带你去仙乐斯舞厅，进入菲林的幻影世界：

　　数十丈长的宽大红地毡，由街上一直铺上去，客人爬上楼梯，经过衣帽间，进入大门。

　　整个舞厅大如宫殿，爵士音乐入耳，宇宙是幽暗的，由天花板上挂的玻璃镜球，反射出无数的星星在你身上闪闪发光。月亮是舞台,一个十八人乐团奏出舞曲。

围着 U 字形的舞池,数百名舞女坐着等客人来请她们跳散舞,高级的舞女并不坐凳,由大班带到坐台的客人群中;更红的舞女根本不用上班,钟数全给客人买下,到舞厅来只是亮亮相。要得到舞小姐一夜的恩泽,并非容易的事。

带位的侍者永远保持笑容,客人一到便亲切地招呼,初来的客人迷失方向时,他们用手搭客人肩膀。这一搭,搭出客人身穿西装的料子,当然像沙里洪巴的歌词一样:有钱客人请上坐呀。

公子哥儿恼了,他们在冬天里会穿件粗布长衫进来,坐下之后二郎腿一跷,露出内镶银狐。侍者暗喊走眼。

到夏天,他们的麻质西装同样同款同色的一穿就是两件,麻的布料极舒服,不是现代的繁忙男人能够欣赏,但是不皱不要钱,皱了不好看,便匆匆地换上另一件出现。

天热时的仙乐斯并无冷气,大风扇前摆着巨型的冰块,一共有四十八把。

当晚是虹虹大班的生日,仙乐斯的所有舞女都集中道贺。火山孝子们迫不及待地叫侍者开 Krug Millesime 香槟。

虹虹年纪也不过三十岁,却拥有称为四大天王的手下。把女人叫为天王,因为舞厅是一个王国。

天王一个比一个漂亮:全城舞跳得最好的天王、赌博精湛的天王、永远不醉的天王、令高官大富床上欲仙欲死的天王。但是妈妈桑虹虹集其四艺,加上无限的智慧,又不施脂粉,不戴首饰，一身却似镶满钻石。

正当大家在兴高采烈时，忽然静了一静，许多舞女都转过头去，虹虹大班望向大门一看，走进一个年轻人，全套白色 Sharkskin 西装，瘦削而英俊的面孔下，神情为什么带着一丝的忧郁？

青年从四大天王的桌子走过来，一声不响，拉着跳舞的天王的手，她像被催眠似的跟着他走向舞池。

在一首叫 Jealousy 的探戈乐曲中，青年和她从这个角落跳到另一个角落。眼睛、手、步伐、转头、弯腰与节奏配合得天衣无缝。

音乐停止，一秒钟的屏息静默后，登场鼓掌。

虹虹再也留不住跳舞天王，她已经随着青年离去。

再过一个时期，年轻人又在仙乐斯出现，赌博天王不相信命运地和他出去，但又被他征服了，因为他眉头也不皱，便将性命投注在一场又惊又险的游戏之中。

接着的是性爱天王，细节让各位去想象。

青年狩猎的行为，又准又狠，天王早就被虹虹大班警告过，但始终在年轻人的儿童一样的微笑下溶解。

斗倒喝酒天王的那场戏中，年轻人自己也不支，但还能勉强地走进洗手间去。

看守厕所的老人依稀记得这位年轻人，慈祥地劝他别喝那么多。我们第一次看到年轻人流出一滴眼泪，将一把钞票塞给老头后夺门而去。

故事到这里说明那看守厕所的老头是一工业家，被仙乐斯的舞女搞得身败名裂，而且已患失忆症，但还是沉迷在舞厅中，这个年轻人，就是他的儿子。

青年开始利用四大天王的美色，使银行家、供应酒水的商人、警察厅长等等人物对舞厅有了摩擦，令仙乐斯陷入倒闭的困境。

虹虹出马了，她主动地接近青年。在一起的时候无所不谈，年轻人惊叹她的文学、音乐、绘画修养，对国家大事的抱负。她不逊于任何一个热血的大学生。

秋天落叶，两人在并排大树的霞飞路中散步，她穿的那件黑色旗袍，同样料子，绣着玫瑰枝叶，早上含苞待放，中午已露花朵，入夜时大开，旗袍变为红色。

年轻人犯了大忌，他爱上了她。

温柔的一夜过后，翌日，青年堕入于设计的一个陷阱，遭生意死对头追杀。抱着奄奄一息的年轻人，虹虹仰天哭泣。她爱着他，但是，她更爱仙乐斯！

看守洗手间的老头已被安排到老人院去，代之的是一个痴呆的年轻人。当虹虹走进男厕抚摸他的头发时，其他客人一见吓傻了，虹虹大班笑着说有什么好大惊小怪。

仙乐斯还是一片欢舞升平，豪华奢侈依然……